Par A. I. B. Defauconpret. Voy. Barbier.

Par A. I. B. Defauconpret. Voy. Barbier.

OBSERVATIONS

SUR L'OUVRAGE INTITULÉ :

LA FRANCE.

Cet Ouvrage se trouve aussi

A ROUEN , chez MM. { FRERE.
RENAULT.

A BORDEAUX, . . . { MELON.
Ve BERGERET.
GAYET aîné.

A MARSEILLE, . . . { MASVERT.
CHAIX.

A LYON, ... { BOHAIRE.
MAIRE.

A TOULOUSE, . . . { SENAC.
GALLON.
PRUNET.

A LONDRES, ... BOSSANGE et MASSON.
A VARSOVIE, ... GLUCSKBERG et Comp^e.
A St-PETERSBOURG, DE St-FLORENT.

DE L'IMPRIMERIE DE C.-F. PATRIS,

RUE DE LA COLOMBE, N° 4 , QUAI DE LA CITÉ.

OBSERVATIONS

SUR L'OUVRAGE INTITULÉ :

LA FRANCE;

PAR LADY MORGAN.

PAR L'AUTEUR DE QUINZE JOURS ET DE SIX MOIS
A LONDRES.

Plus aloes quàm mellis habet.
JUVÉNAL.

———— ◆◆◆ ————

PARIS,

H. NICOLLE, A LA LIBRAIRIE STÉRÉOTYPE,
RUE DE SEINE, N° 12.

M D CCCXVII.

OBSERVATIONS

SUR L'OUVRAGE INTITULÉ :

LA FRANCE.

L'amour des voyages est une des passions les plus naturelles à l'homme. Il
existe bien peu de gens doués d'une
imagination vive, d'un caractère ardent,
conservant dans l'âme une étincelle de
ce feu divin que déroba jadis Prométhée,
qui n'ayent quelquefois conçu le désir,
même sans la possibilité de le satisfaire,
de visiter d'autres contrées que celles où
ils ont reçu le jour. Ce goût pour la vie
errante est moins ordinairement le par-

tage du sexe aimable que la nature semble avoir destiné à des occupations dou-
ces et sédentaires, mais qui, cependant,
ne se contentant pas toujours de se livrer
aux paisibles travaux de Minerve, veut
quelquefois gravir la montagne consacrée
à Apollon. Il n'est pas étonnant alors
que, prenant les habitudes de notre
sexe, il en contracte aussi les goûts (1).

Cet amour pour les voyages n'a
poussé, dans aucun pays, d'aussi pro-
fondes racines qu'en Angleterre. C'est
dans ce climat une plante indigène, une
maladie endémique. En vain des écrivains, se disant patriotes, déclament
contre cette espèce d'inquiétude vague,
qui semble entraîner leurs concitoyens

---

(1) *Crure tenùs medio tunicas succingere debet.*
JUVÉNAL.

de contrée en contrée; de nombreux essaims n'en partent pas moins tous les ans des ports de l'Angleterre pour se répandre sur tous les points de l'Univers, mais principalement pour visiter la France, l'Italie et le Portugal. Diverses causes contribuent à cette émigration momentanée. Je ne parlerai pas ici des affaires commerciales qui appèlent un grand nombre d'Anglais dans des pays étrangers, parce qu'alors c'est la nécessité, plutôt que l'inclination, qui détermine leur départ; je ne m'arrêterai qu'aux motifs qui prennent leur source dans la volonté individuelle.

La mode est un des plus communs. Cette divinité n'est pas moins puissante en Angleterre qu'en France, et elle a prononcé que pour que l'éducation d'un jeune homme soit complète, il faut qu'il ait fait un voyage sur le continent. Souvent il revient chez lui, chargé des ridicules des autres pays, sans y avoir laissé un seul de ceux dont sa patrie est abondamment pourvue. Mais il a passé un mois à Paris, quinze jours à Rome, une semaine à Naples; il peut parler du Palais-Royal, du Vatican et du Vésuve, et le voilà tout-à-fait *bonne compagnie.*

« C'est dommage que les voyages coûtent cher » disent les Français! C'est pourtant par vue d'économie qu'un grand nombre d'Anglais entreprennent de voyager. Ils vont passer un an, deux ans, sur le continent pour modérer leurs dépenses, et laisser leurs revenus s'accumuler; et ils s'amusent en pays étranger à meilleur marché qu'ils ne s'ennuieraient chez eux. Cet ennui, production naturelle des îles britanniques, quoique

leur langue n'ait pas de terme pour l'ex-
primer, en chasse encore une tribu de
voyageurs : la curiosité en entraîne une
autre classe, et je n'oserais pas dire que
la gourmandise en attire aussi un certain
nombre à Paris, si je ne trouvais ce fait
établi dans un petit poème, intitulé
l'Emigration, qui contient contre la
France de telles horreurs, que les cri-
tiques anglais eux-mêmes en ont reconnu et avoué l'exagération.

Il en est pourtant que de plus nobles
motifs portent à s'éloigner des rives de
la Tamise, et à sacrifier les brouillards
de l'Angleterre au ciel pur des pays plus
méridionaux. L'amour des arts, des
sciences et des lettres, le désir de s'instruire, l'envie de comparer les mœurs
et les institutions des pays étrangers
avec celles de leur patrie, déterminent

aussi tous les ans le départ d'une colonie estimable, qui veut ajouter aux connaissances qu'elle a acquises dans sa patrie, celles qu'elle espère puiser chez les autres nations.

Enfin, il y a des voyageurs par spéculation, qui font un voyage en France, uniquement pour acquérir le droit d'en faire imprimer le journal. Ils ont passé trois semaines dans la capitale, et ils font, d'un ton doctoral, la critique de ses mœurs et de ses usages. Ils ont vécu dans quelqu'une de nos gargotes, et ils tournent en ridicule la politesse des salons où ils n'ont jamais été admis. Ils n'ont connu que ces créatures méprisables, rebut de la nature dans tous les pays, et moins dépravées pourtant à Paris, qu'elles ne le sont à Londres, et ils osent prononcer une condamnation

générale sur les mœurs des Françaises !
Ils débitent des sentences d'un air ma-
gistral, ramassent quelques anecdotes
vraies ou fausses, et se jètent dans la ca-
lomnie parce qu'ils n'ont pas le talent
de la médisance, ou qu'ils ne trouvent
pas à médire ; mais n'importe : leur
ouvrage flatte l'amour-propre national
qui croit s'élever en proportion de ce
qu'il voit abaisser ses voisins ; il obtient
trois, quatre et cinq éditions, et l'auteur, en comptant les guinées qu'il en
retire, dit, s'il a jamais lu Horace :

« . . . . *Populus me sibilat, at mihi plaudo* (1) ».

----

(1) Parmi les ouvrages de ce genre, une distinction toute particulière est due à *une* VISITE A PARIS,
*étant une revue de la condition morale, politique,
intellectuelle et sociale de la capitale de la France,
par John Scott, éditeur du Champion , journal
hebdomadaire, politique et littéraire.* Les diatribes

Gardons - nous bien de ranger lady Morgan parmi cette classe de voyageurs. Elle ne nous met pas dans la

---

contenues dans cet ouvrage, lui ont valu cinq éditions successives, et cependant c'est un vrai pot-pourri d'absurdités, de pédantisme et de calomnies. Je vais en citer presque au hasard quelques passages, tant pour prouver à mes lecteurs que l'esprit de lady Morgan n'anime pas tous les écrivains anglais, que pour les mettre en état d'apprécier le jugement et la bonne foi de M. Scott, qui, dit-on, n'est pas resté trois semaines à Paris, et qui, je crois, serait fort embarrassé pour citer, comme le fait lady Morgan, les maisons où il a été reçu.

Voici comment notre auteur entre en matière :
« Un énorme crucifix, élevé sur le môle de Dieppe,
» et qu'on apercevait du pont du paquebot, fut la
» première chose qui me fit sentir que j'allais abor-
» der sur une terre étrangère, voir des mœurs et
» des visages, entendre un langage que je ne con-
» naissais pas encore. Ce sentiment, quand on
» l'éprouve pour la première fois, est aussi fort que
» touchant, et je ne rougis pas d'avouer que je

confidence des motifs qui l'ont décidée à faire un voyage en France. Déjà connue avantageusement dans le monde

---

» jetais des regards avides sur les montagnes qui » s'élevaient devant moi , afin de voir si je n'y dé- » couvrirais pas quelque chose de français. »

Il y a *quelque chose de bien anglais* dans ce passage. Il faudrait le génie de Matanasius pour commenter dignement cet amas d'inepties ; mais sans avoir besoin de commentaire , on y voit clairement que ce fameux voyageur quittait son île pour la première fois , et venait juger un pays dont il ne savait pas même la langue.

Sur la route de Rouen , il voit danser des villageois, et il fait l'importante remarque : « que la » gaîté régnait parmi eux , quoiqu'on n'y vît pas » le moindre préparatif pour boire ni pour manger. » Il est vrai que cette condition est indispensable « pour entretenir un peu de bonne humeur dans » toute société anglaise » , et c'est encore à M. Scott que nous devons cet aveu.

Quand ce redoutable *champion* se trouve tellement pressé par l'évidence, qu'il est forcé de parler littéraire, par des ouvrages d'un genre léger, il est assez probable qu'elle avait conçu avant son départ, le projet d'ouvrir

favorablement des mœurs et des usages de la France; il se bat les flancs pour en critiquer les causes ou les conséquences. Ainsi, après avoir avoué, « que » les pauvres, dans leur ménage, se querellent » moins chez nous qu'en Angleterre ; que le mari » n'y dépense pas ce qu'il gagne à s'enivrer, et » ne revient pas ensuite chez lui battre ses enfants » et une femme qui ne brille point par la résigna- » tion; la cause, ajoute-t-il, c'est qu'ils manquent » de profondeur.» Observation si profonde, qu'elle est presque inintelligible.

S'il faut qu'il rende hommage à la politesse fran- çaise, il se hâte d'ajouter : « La nation la plus polie » est celle où il y a le plus de liaison entre les for- » mes extérieures et le sentiment interne. Où il y à » moins de ce dernier, il se trouve naturellement une » surabondance de formes. Nous n'ôtons pas notre » chapeau, en Angleterre, à celui qui nous fait une » question dans la rue, ni au marchand dans la bou- » tique duquel nous entrons ; on le fait en France, à ses talents une carrière plus noble et plus étendue : mais une chose évidente, c'est qu'elle n'a pas cherché à flatter son

---

» parce qu'on n'y éprouve pas le sentiment qu'in-
» diquent ces actions.

» Belle conclusion, et digne de l'exorde ! »

Chacun sait qu'en Angleterre, les dames quittent la table au dessert, tandis qu'en France elles y restent aussi long-temps que les hommes. Quelle conclusion croyez-vous qu'en tiré notre judicieux auteur ? « Que la coutume française indique un état » de société dans lequel les sentiments de morale » et de délicatesse sont relâchés. » Il me semble qu'on pourrait en conclure que les sentiments de morale et délicatesse sont tellement respectés en France, que les femmes ne sont pas obligées de se retirer de table pour ne pas entendre les propos trop saugrenus que Bacchus inspire souvent à ses ado-rateurs.

Je ne trouve dans tout son ouvrage qu'un seul éloge sans restriction ; c'est celui qu'il fait de la propreté des Françaises « tant sur leur personne

pays par une injuste satire du nôtre.
Elle n'est pas arrivée en France armée
de préjugés nationaux, et déterminée

» que dans leurs habillements. J'espère , dit-il ,
» qu'on ne m'accusera pas de pousser trop loin les
» observations d'un voyageur, si j'assure qu'elles ne
» changent pas moins souvent leurs *vétements de*
» *dessous* , que ceux qui doivent attirer les yeux
» de l'observateur ». Il paraît que M. Scott a fait un
cours d'observations comparatives (sans doute ra-
massées au coin des bornes) sur les *vétements de*
dessous des femmes des deux pays ; mais comme mes
recherches, en Angleterre, n'ont pas été dirigées vers
le même point, je prie mes lecteurs de se contenter
de l'induction qu'on peut tirer de la remarque du
voyageur anglais.

Au surplus, lady Morgan qui est restée en France
beaucoup plus long-temps que M. Scott, et qui y a
vu des sociétés dans lesquelles il ne pouvait espérer
d'être admis , semble avoir pris soin de donner un
démenti formel à toutes ses assertions calomnieuses.

M. Scott trouve « des mendiants en foule dans toutes
» les rues , sur toutes les routes ; il y voit des idiots ,

d'avance à tout blâmer, à tout critiquer. Son ouvrage respire l'envie de
dire la vérité, de rendre justice à la

» des paralytiques, toutes les infirmités humaines
» les plus dégoûtantes. » Lady Morgan dit que la
mendicité est presque inconnue en France, et qu'on
n'y fait point l'étalage de ses maux pour exciter la
compassion.

Elle atteste la décence qui s'observe dans la société; elle rend justice à la fidélité conjugale qui y
règne. S'il faut en croire M. Scott, la France n'est
peuplée que de Messalines; il n'existe pas une femme
mariée sans intrigue, en un mot, « un homme n'y
» peut raisonnablement compter sur la fidélité de
» sa femme. Si les parties, après le mariage, con-
» servent quelque attachement l'une pour l'autre,
» c'est une obligation additionnelle qui n'est pas né-
» cessairement comprise dans l'engagement qu'elles
» ont contracté. » Il prétend « que dans toutes les
» boutiques de libraires et de marchands d'estampes,
» les images les plus ordurières frappent les yeux;
» que la femme d'un libraire dira à sa fille de donner
» à un acheteur tel livre dont l'intérieur est un *pan-*

France, de la venger même des calomnies dont elle a si souvent été l'objet.
Si elle commet quelques erreurs, elles

» *demonium* d'obscénités ; » et il en conclut « qu'il
» existe à Paris un degré de corruption qui fait honte
» à la France. » Je prétends au contraire que la vente
des livres et des gravures obscènes est beaucoup plus
fréquente en Angleterre qu'en France, et j'en donne
pour preuve que, pour y mettre des bornes; il a fallu
instituer une société qui s'occupe uniquement de la
réprimer, et de traduire en justice ceux qui se livrent à ce commerce scandaleux, qui, au surplus,
ne s'affiche ni dans l'un ni dans l'autre pays.

Lady Morgan rend justice aux talents des Français
pour la conversation. M. Scott, partisan de la taci-
turnité anglaise, dit : « Un perroquet qui ne pense
» point, et un fat qui ne pense guère davantage,
» parlent bien plus qu'un homme de bon sens,
» parce qu'il est plus facile de parler sans bon sens
» qu'avec esprit ». Vous êtes bien lourd pour être
fat, mon cher *champion*, mais je vous soupçonne
d'être un peu *perroquet*.

Les efforts des pauvres mères pour marier leurs

ne sont ni fréquentes , ni considérables , ni intentionnelles ; et dans tout ce qui concerne nos mœurs, nos usages, nos institutions, elle fait preuve de l'impartialité la plus estimable.

Mais dans cet ouvrage, le premier

---

filles , font l'objet de la critique des deux auteurs ; mais la censure de lady Morgan porte sur les Anglaises, et celle de M. Scott sur les Françaises.

Croirait-on qu'il ose faire l'éloge de la publicité du vice en Angleterre , et qu'il veut prouver qu'elle est utile aux mœurs ? Lady Morgan s'est chargée de réfuter cette grosse sottise ; je n'ai donc pas besoin de faire aucune observation à ce sujet.

Il faudrait traduire tout l'ouvrage de M. Scott, et y ajouter des observations aussi longues que son livre , pour en relever toutes les inconséquences , toutes les inepties et tous les mensonges ; mais cette note n'est déjà que trop longue : la tâche d'ailleurs serait aussi fastidieuse qu'inutile , et j'abandonne cet auteur au mépris qu'il doit inspirer à tout lecteur de bonne foi, anglais ou français.

peut-être qui ait été écrit en Angleterre sur la France dans cet esprit, il règne d'un bout à l'autre un vice radical, un système faux dont les conséquences se reproduisent à chaque page, et qui m'a principalement inspiré les observations qui vont suivre : C'est d'attribuer exclusivement à la révolution tout ce que la France offre d'utile, de sage, de louable ; de blâmer sans pitié tout ce qui existait avant cette époque, et de montrer le même esprit d'hostilité contre le système de Gouvernement sous lequel elle a le bonheur de vivre aujourd'hui.

Dans les romans connus sous le titre de *Voyages imaginaires*, il en est beaucoup qui commencent par la peinture d'une tempête et d'un naufrage : lady Morgan qui a voyagé avec tant de succès dans les domaines de la fiction, commence par comparer la révolution à l'explosion d'un volcan. Elle a raison sans doute : jamais il n'en a existé de plus épouvantable. Cependant cette explosion, s'il faut l'en croire, au lieu de couvrir la France des torrents d'une lave dévastatrice, n'a fait que répandre de toutes parts des germes de bonheur et de prospérité. Elle regrette qu'il ne se soit pas trouvé en France un Pline, pour méditer avec sang froid sur cette grande convulsion de la nature, et la décrire avec impartialité. Lady Morgan paraît avoir quitté l'Angleterre, et être venue tout exprès à Paris, pour mettre à fin une aussi grande entreprise, à laquelle, jusqu'à elle sans doute, personne n'avait pensé.

L'état actuel des paysans en France est le premier tableau qu'elle nous offre. Pour faire ressortir d'une manière plus brillante la félicité dont elle prétend qu'ils jouissent maintenant, c'est-à-dire *depuis la révolution*, elle les peint comme courbés auparavant sous *la corvée* « qui les transportait, dit-elle, d'un bout du royaume à l'autre », croyant sans doute qu'on s'amusait à prendre les paysans de la Flandre, pour les envoyer réparer les routes de la Navarre, et qu'on faisait promener dans la Bretagne ceux de la Franche-Comté ; comme « envoyés arbitrairement aux » galères, pour avoir tué un lièvre » dont la vie était plus estimée que » la liberté d'un homme », oubliant que les lois anglaises sur la chasse sont encore aujourd'hui plus tyranniques, et donnent lieu à plus d'abus, à plus de vexations, que celles qui

existaient en France avant la révolution (1).

---

(1) La déportation à Botany-Bay, peine à laquelle
les braconniers sont condamnés en Angleterre, ne
me paraît guères plus douce que les galères. Mais
si l'on avait à reprocher en France à un petit nombre
de seigneurs, avant la révolution, quelques abus
dans l'exercice des droits de chasse, ils n'étaient
ni aussi fréquents, ni aussi énormes que ceux qui ont
encore lieu en ce moment en Angleterre. Jamais le
propriétaire français n'a songé à placer sur ses terres
des fusils à ressort pour blesser ou tuer le braconnier, ou des piéges de toute espèce, comme on en
prépare dans d'autres pays pour les animaux féroces, afin de les y prendre vivants. Vers la mi-
mars dernier, une pauvre femme, âgée de soixante
ans, ramassant des branches mortes dans un bois,
tomba dans un trou artistement recouvert, dans
lequel était un piège, dont la détente la blessa à la
poitrine et aux bras. Ce bois était ouvert, sans aucune clôture, et traversé par plusieurs sentiers.
Vers le même temps un braconnier, accompagné
d'un enfant, fut rencontré par un garde-chasse :

La *gabelle*, la *dîme* et la *taille* sont une hydre à trois têtes qui, selon lady Morgan, dévorait, avant la révolution, la substance des paysans qu'elle peint comme étant alors une race « maigre et exténuée » quoique probablement elle ne les ait pu voir à cette époque. Mais leur suppression n'a pas enrichi

---

ils prirent la fuite, et l'enfant fut blessé d'un coup de fusil que lui tira le ministre des plaisirs du *gentleman* anglais. Quelques guinées arrangèrent les deux affaires, qui ne donnèrent lieu qu'à un paragraphe insignifiant dans les journaux.

Les Anglais sont si jaloux du droit de chasse, que la vente du gibier est défendue chez eux, sous peine d'une forte amende. On fait des visites chez les marchands de volaille, pour voir s'ils ne sont pas en contravention à ce réglement. Il ne faut donc pas qu'ils reprochent à la France quelques abus qui pouvaient y exister autrefois, quand ils en laissent encore subsister actuellement chez eux d'un caractère bien plus répréhensible.

les campagnes. Un impôt sur le sel a remplacé la gabelle, et la contribution foncière seule monte plus haut que la dîme et la taille réunies. S'il existe donc une amélioration réelle dans le sort du paysan, il en faut chercher la cause ailleurs. Au surplus, il est fort aisé, en France comme en Angleterre, de déclamer contre la *lourdeur* des impôts; mais on aura beau changer leur nom, leur forme, leur nature, il faudra toujours qu'ils donnent à peu près le même produit pour les besoins du gouvernement de l'Etat, jusqu'à ce que ces déclamateurs ayent trouvé le secret de faire jouer les ressorts d'une machine sans un premier moteur.

Enfin elle représente « une vaste » portion de la population des campagnes, comme gémissant alors dans

» un esclavage personnel ». Ignore-t-elle donc que l'affranchissement des derniers serfs de la France, est un des nombreux bienfaits qui ont marqué le règne du vertueux Louis XVI, et n'est nullement dû à la révolution?

La vente des biens du clergé, en fournissant aux paysans l'occasion de devenir propriétaires de quelques morceaux de terre, a pu contribuer à l'aisance, non pas de *tous*, comme le prétend lady Morgan, mais de quelques-uns d'entre eux. Le désir de ne voir que du bien dans la révolution, lui fait avancer ici des erreurs grossières. Elle peint le gouvernement d'alors comme « devenant l'agent des cultivateurs, » leur offrant la terre qui leur con- » venait davantage, la plus voisine de » leur chaumière; leur avançant même

» des fonds pour en commencer la
» culture ». Si elle s'était procuré des
renseignements exacts avant de commencer à écrire, elle aurait appris que
le gouvernement révolutionnaire, bien
loin de faire des avances de fonds,
exigeait rigoureusement le payement du
prix des ventes à l'instant où il deve-
nait exigible ; que des poursuites sévères étaient dirigées contre les acqué-
reurs en retard de payement, et que
souvent enfin, le bien qu'ils avaient
acheté était revendu à leur folle enchère.

Elle se serait moins trompée, si elle
avait attribué au système de papier
monnaie une partie de l'aisance qu'elle
a remarquée dans les campagnes. Sa
dépréciation, en ruinant une foule de
citoyens, a vraiment enrichi la popula-

tion rurale. Pendant trois ans le culti-
vateur a payé avec des valeurs idéales
ses fermages , ses contributions , et
même les biens qu'il achetait du gouvernement ; et il a remboursé de la
même manière toutes les rentes dont
ses terres étaient chargées. J'ai vu un
fermier se présenter audacieusement
chez son propriétaire, tenant au bras
un petit panier de pommes de terre qu'il
venait lui offrir pour payement du loyer
de plusieurs arpents de terre, en lui
disant qu'elles se vendraient au marché
plus que la somme dont il lui était re-
devable, *mais qu'il n'y regardait pas
de si près.* Le produit d'une récolte
était plus que suffisant pour payer le
prix de la terre qui l'avait fait naître.
Voilà une des véritables et des principales sources de l'enrichissement des
campagnes. Mais il ne pouvait entrer

dans le système de lady Morgan d'en
parler , parce que ces payements en valeurs dépréciées étaient un vol consacré par l'immoralité d'une révolution
qu'elle veut envisager comme la source
de tous les biens.

Le même défaut de bonnes infor-
mations lui fait encore avancer une
autre erreur. Suivant elle , le paysan
qui ne possède qu'une petite pièce de
terre , la loue à un gros fermier qui
cherche toujours à agrandir le domaine
qu'il cultive. Or , chacun sait que c'est
précisément le contraire qui a lieu. On
voit souvent le fermier louer à de petits
cultivateurs les pièces de terre de peu
d'étendue, éloignées et détachées de sa
ferme, parce que la culture lui en cau-
serait plus d'embarras que de profit ;
tandis que ceux-ci conservent précieu-

sement jusqu'au plus petit morceau de terre qu'ils possèdent, parce que c'est avec son produit seul qu'ils peuvent venir à bout de soutenir leur famille.

Quelques autres assertions sont tout-à-fait plaisantes, et n'ont pas même besoin de réfutation. De ce nombre est celle que « les domestiques des fermes, » *depuis la révolution*, possèdent une » maison et quelques morceaux de » terre, par addition à leurs gages ». Lady Morgan a, sans doute, confondu ici les paysans français avec les esclaves nègres de la Jamaïque, à qui les colons anglais accordent une portion de terre avec le droit d'y travailler le dimanche (malgré leur vénération judaïque pour le sabbat), afin de lui faire produire de quoi se nourrir pendant la semaine.

Lady Morgan décrit assez longuement la visite qu'elle a faite dans deux ou trois fermes. Le mobilier qu'elle y trouve, l'excellent lit, la pendule sur la cheminée, et les *cent cinquante* paires de draps qu'on lui persuade qu'un fermier possède assez communément, lui font proclamer la renaissance de l'âge d'or pour les campagnes de la France, qui permet au paysan non seulement de remplir le vœu du bon Henri IV, mais même de mettre *un morceau de* COCHONNERIE *dans le pot.*

Il est bon que j'informe ici mes lecteurs que lady Morgan parle très-souvent français dans son ouvrage. On trouve dans l'errata : Cochonnerie, *lisez* cochonnaille. Mais quand cette erreur serait purement typographique, elle m'a paru assez plaisante pour la consigner ici.

Ce n'était pas dans l'habitation du fermier qu'il fallait entrer pour tracer un tableau véritable des campagnes. Il fallait visiter les nombreuses cabanes du paysan qui ne possède qu'un arpent de terre, de celui qui n'en a pas une seule perche. Loin d'y trouver « la pendule et les services d'argent » qu'elle croit exister « dans toutes les chaumières au-dessus du commun » ; elle y aurait vu boire, non pas « le vin du pays » comme elle le dit, mais l'eau ou la piquette presque aussi déplorable. Elle y aurait trouvé force familles pleurant encore leurs enfants sacrifiés à l'ambition dévoratrice d'un seul homme ; des femmes forcées de se livrer aux travaux pénibles des champs, faute de bras pour les cultiver, grâce aux bienfaits de la révolution ; enfin elle y aurait reconnu à-peu-près la même misère, le même dénuement que dans les huttes d'Irlande et dans les cabanes du Northumberland, mais avec plus de courage pour y résister, plus d'énergie pour en sortir, plus d'industrie pour tirer parti de leurs faibles ressources : tableau non moins triste que véritable, mais qui offre, dans une perspective peu éloignée, l'espérance d'une prospérité réelle, sous un gouvernement paternel, sage et pacifique.

La révolution avait aboli, non seulement les formes de la religion, mais la religion même. Lady Morgan, malgré le tendre penchant qui la porte à voir tout en beau dans les suites de cette convulsion politique, ne peut s'empêcher de jeter en passant un mot de désapprobation sur l'impiété de cette époque; mais elle se dédommage, en déplorant amèrement le rétablissement de ses cé-

rémonies extérieures ; et la procession de
la fête-Dieu lui fournit un grand nombre
de déclamations contre l'ordre actuel des
choses, et de plaisanteries soi - disant
philosophiques, dont son traducteur n'a
pas cru devoir régaler le public français
qui perd très-peu de chose, ou pour
mieux dire qui gagne beaucoup à la suppression de quelques anecdotes sans sel
et sans authenticité, et de quelques diatribes qui ne brillent que par l'injustice
et la partialité.

Mais dans quelle partie du royaume
lady Morgan a-t-elle donc entendu les
paysans « se plaindre amèrement de
» l'obligation qui leur est maintenant
» imposée d'entendre la messe les jours
» ouvriers » ? Où a-t-elle vu « les maires
» et les magistrats les forcer à observer,
» non seulement toutes les fêtes, mais

» certaines heures de certains jours
» consacrés à différents saints » ? Quel
est le maire qui a jamais « prononcé une
» forte amende contre le paysan qui a
» travaillé la veille de saint Dydyme,
» ou le jour de sainte Catherine » ? Elle
me permettra sans doute de ne pas m'en
rapporter à l'autorité de sa blanchisseuse,
la seule qu'elle croye devoir citer à cet
égard. Il ne s'agit pas ici d'une simple
exagération, causée par l'esprit de système ou de parti. La vérité est cruelle-
ment blessée. Le catholicisme étant la religion de l'Etat et de l'immense majorité
des habitants de la France, le gouvernement a le droit incontestable de faire
observer en public la cessation de travail
qu'il prescrit en certains jours : mais le
nombre de ces jours n'est pas arbitrairement augmenté; mais bien loin que
l'autorité civile oblige qui que ce soit à

entendre la messe les jours ouvriers, elle n'intervient même pas pour obliger personne à y assister le dimanche, et chacun n'a d'autre règle à suivre à cet égard que celles que lui impose sa conscience.

C'était pendant cette révolution qui, suivant lady Morgan, a procuré tant d'avantages à la France, que le gouvernement pénétrait jusques dans l'intérieur de la maison des citoyens, pour les forcer à l'observation exacte du *décadi*, si ridiculement substitué au dimanche ; qu'une amende était également prononcée contre le marchand qui ouvrait sa boutique le jour destiné au repos républicain, et contre celui qui la fermait le jour consacré au repos religieux. J'ai vu une servante condamnée à une amende, parce que *l'agent national* de sa commune l'avait aperçue à travers sa fenêtre fermée, raccommoder ses bas, dans la matinée d'un décadi.

Mais quand il serait vrai, ce que je suis bien loin d'admettre, que l'autorité civile maintiendrait aujourd'hui, avec un peu de rigueur, la stricte observation des fêtes reconnues par le catholicisme, serait-ce donc aux Anglais qu'il conviendrait de nous en faire le reproche? Devraient-ils jamais prononcer le mot *d'intolérance*, après la manière dont ils traitent leurs concitoyens catholiques, dont ils viennent encore de repousser tout récemment les humbles et justes remontrances? Doivent-ils oublier qu'ils font observer chez eux le dimanche avec une exactitude judaïque? Que le boulanger même n'a pas le droit de cuire du pain ce jour-là, quoique, par une bizarrerie bien singulière, le pâtissier puisse faire toutes sortes de gâteaux et de friandises? Que les divertissements les plus innocents, la musique, même la lecture de tout autre livre que la bible, y sont condamnés par les zélateurs? Qu'un enfant y est obligé de laisser reposer sa toupie et son cerceau, et que la jeune fille ne peut y faire tourner sa corde (1)? Enfin, que le statut du règne de la reine Anne prononce une amende contre quiconque aura laissé passer un certain nombre de dimanches sans assister à l'office de sa paroisse? On ne peut dire même que ce statut soit tombé en désuétude; car, encore cette année, un ministre dirigea une poursuite

---

(1) La danse à la corde est en Angleterre l'amusement des jeunes filles, comme elle fait en France celui des jeunes garçons.

sur ce chef, contre un de ses paroissiens qui ne se défendit qu'en alléguant l'état de sa santé, et en justifiant qu'il faisait, dans le sein de sa famille, les prières usitées par l'église anglicane. Les Anglais, qui connaissent la bible mieux qu'aucun peuple de l'Univers, devraient bien ne pas chercher une paille dans les yeux de leurs voisins, quand une poutre crève les leurs.

Le traducteur de lady Morgan a passé ici, je ne sais trop pourquoi, une anecdote, qui n'est sans doute appuyée que sur l'autorité de *quelque blanchisseuse*, et que je vais rapporter à mes lecteurs. Suivant elle, un fermier de la Beauce sollicitait le renouvellement d'un bail de terres qu'il tenait du gouvernement. Mais ce fermier s'était marié pendant la révolution. L'autorité civile avait seule

formé les nœuds de son mariage, et la
religion ne l'avait pas consacré. On lui
imposa avant tout l'obligation de lui
donner la sanction des cérémonies reli-
gieuses, et il s'y refusa, sous prétexte
que ce serait frapper d'infamie une
femme vertueuse qui l'avait rendu heureux, et noter d'illégitimité les enfants
qu'il en avait eus. D'après la manière dont
cette anecdote est racontée, les sentiments du fermier paraissent parfaite-
ment d'accord avec les opinions de l'auteur. L'absurdité perce pourtant de
toutes parts dans ce récit. D'abord, c'est
à l'enchère que s'adjugent ordinairement les baux du gouvernement, et je
ne crois pas qu'on ait encore vu deman-
der aux enchérisseurs leur acte de mariage, ni un certificat de catholicité.
Une solvabilité bien établie, un cautionnement solide, voilà les conditions

sur lesquelles insistent, avec raison, les agents du gouvernement. Mais si nous voulons admettre un instant la possibilité du fait, il faudra convenir que le fermier beauçois avait une bien mauvaise judiciaire, ou plutôt qu'il avait la tête bien farcie d'idées révolutionnaires pour regarder comme devant noter d'infamie sa femme et ses enfants, une cérémonie dont le but n'était pas d'invalider son mariage, mais seulement d'ajouter la sanction de la religion à celle qu'il avait déjà reçue des lois civiles.

« La beauté, » dit lady Morgan, « peut à peine se compter parmi les perfections des Français. Leur figure me « frappa fortement par sa ressemblance « générale avec la physionomie tartare ». Et elle fait alors un portrait des Français, au physique, qui n'est ni flatté, ni flatteur. Son livre m'a tombé des mains, quand je suis arrivé à ce passage. Moi, qui croyais que les couleurs vermeilles qui parent les joues des Françaises, que l'attrait inexprimable de leur sourire, que le jeu de leur physionomie, l'expression de leurs yeux, les grâces de tout leur ensemble, leur assuraient le premier rang parmi les beautés de l'Univers connu ; me trouver réduit à ne plus voir en elles que des calmouques ! L'exception que fait lady Morgan en faveur d'un meunier, et d'un ouvrier de la manufacture de Chantilly, ne put me consoler ; mais, en continuant ma lecture, je vis avec plaisir que dans cette horde de Tartares, elle a eu le bonheur de ne connaître que des femmes *jolies, belles, charmantes*, etc., car une de ces épithètes ne manque jamais d'accompagner le nom de presque toutes celles qu'elle cite dans son ouvrage.

Lady Morgan voulant peindre la société française actuelle , remonte d'abord jusqu'à César , et trouve que le portrait qu'il a tracé des Gaulois , ressemble encore aux Français d'aujourd'hui. C'est probablement dans quelque ouvrage inédit de cet historien conquérant qu'elle a trouvé notre physionomie tartare. Elle nous parle ensuite de la tyrannie de Louis XI, de l'ambition de Louis XIV , sujets tout neufs , comme chacun le sait ; et cherche à justifier la révolution par la corruption qui , suivant elle, était alors universellement répandue, et qui l'avait rendue inévitable. Mais elle se trompe grandement sur les causes de cet esprit révolutionnaire qui fit si long-temps le malheur de la France. Elle l'attribue aux motifs ostensibles que mirent en avant ceux qui voulaient introduire un nouvel ordre de choses, et ne remonte pas, ou pour mieux dire, ne veut pas remonter à ses causes véritables. Est-ce pour empêcher qu'on n'enfermât de temps en temps à la Bastille un homme de lettres indiscret, un pamphlétaire factieux, que le peuple renversa cette citadelle? Est-ce pour ne plus payer d'impôts qu'il brûla les barrières de Paris? Est-ce par suite d'une conviction intime qu'il devint rebelle, sanguinaire, athée? Non. C'est parce que les écrits des auteurs que lady Morgan paraît admirer exclusivement, et les discours de leurs prosélytes avaient égaré sa tête, séduit son esprit, corrompu son cœur. Depuis un demi-siècle on travaillait à relâcher tous les liens de la

morale et de la religion ; et ces deux
digues une fois renversées, nul frein ne
peut plus arrêter les passions humaines.
La boule de neige en roulant devient
une avalanche qui finit par tout entraîner, et ce n'est que de l'excès des maux
qu'on peut en espérer le remède. Voilà
ce qui explique pourquoi les révolutionnaires se sont dévorés les uns les
autres. Ils se surpassaient successivement en scélératesse, et dans la lutte du
crime l'avantage est toujours pour le
plus féroce. Ce n'était que comparative-
ment que les vaincus pouvaient passer
pour modérés, car ils avaient été eux-
mêmes persécuteurs, et ils n'avaient
cessé d'être bourreaux, qu'à l'instant
où ils avaient vu qu'ils allaient devenir
victimes. Du reste, leurs principes
étaient toujours les mêmes, et comme
l'a dit un poète célèbre : « Dès que les

» lèvres ont été souillées de sang, la
» soif que l'on a d'en boire ne peut
» plus être appaisée (1) ».

Lady Morgan a porté sur l'état de la société en France un jugement plus sain que sur la situation des campagnes. Elle l'a peinte sous des couleurs plus vraies que pas un de ses concitoyens. Et pourquoi? C'est qu'elle l'a vue de plus près. C'est que son nom, ses talents, son esprit, lui ont ouvert la porte des bonnes compagnies, tandis que ceux de ses compatriotes qui ont calomnié les mœurs françaises, ignorés et inconnus en France, n'ont crayonné que d'imagination, ou n'ont cherché leurs modèles que dans les tavernes et

---

(1) . . . . *Nullus semel ore receptus*
Pollutas patitur fauces mansuescere sanguis.

Lucain.

les tripots. Presque tous les détails des tableaux qu'elle trace de la société sont vrais et exacts, mais l'ordonnance en est souvent vicieuse ; mais ils sont presque toujours placés sous un jour faux, parce qu'elle veut tout ramener à son système, que rien n'est beau ni bon que par suite de la révolution. Mais pourquoi donc cite-t-elle à chaque instant avec tant de complaisance toutes *ses amies*, comtesses, marquises et princesses ? Pourquoi multiplie-t-elle si souvent des notes généalogiques pour faire valoir la noblesse et l'ancienneté des familles avec lesquelles elle a eu quelques liaisons ? C'est une contradiction manifeste avec ses principes. C'est déroger à l'axiome philosophique et révolutionnaire, qu'on ne doit estimer les hommes que par leurs qualités personnelles. Il est vrai que malgré ce tribut

payé volontairement aux faiblesses humaines, on n'en voit pas moins percer
partout ses véritables sentiments (1).
Ses principaux éloges, ceux qui partent
évidemment du cœur, sont toujours
pour ceux qui ont coopéré à la révolution. Elle trouve dans la jeunesse française qu'elle prétend qu'on appelle par
dérision *les enfants de la révolution* :
« Tous ces symptômes de fraîcheur,
» de vigueur et d'énergie qui appartien-
» nent à un peuple neuf ou régénéré ».
Et cependant (car puisque lady Morgan
m'a donné l'exemple, en disant quelquefois la vérité sur sa patrie, pourquoi n'imi-
terais-je pas sa candeur, en ne cherchant
point à taire des choses peu flatteuses

---

(1) Beaucoup moins pourtant dans la traduction
française que dans l'original anglais.

pour la mienne), et cependant , dis-je, il faut convenir qu'il existe en France une génération qui a été presqu'entièrement privée du bienfait de l'éducation morale , religieuse et littéraire. Elle comprend ceux qui venaient d'atteindre environ leur dixième année , quand *l'éruption du volcan* éclata. De bien belles choses sans doute sont nées de ce désastre , puisque lady Morgan trouve tant d'objets d'admiration sous les ruines dont il a couvert la France : mais il n'en est pas moins certain que ce n'est que vers 1802, que l'éducation publique commença à renaître de ses cendres. Jusques-là l'instruction était nulle; les belles-lettres étaient regardées comme inutiles à des républicains , la religion comme une folie, les mœurs comme une affaire de convention. Des exceptions particulières ont pu avoir lieu ; l'édu-

cation privée a pu suppléer pour quelques individus au défaut d'instruction
publique ; mais c'est le cas de dire avec
le poète :

. . . . «*Pauci* . . . . .
Diis geniti potuére . . . . »

La grande masse de cette partie de la
nation a été condamnée invinciblement
aux ténèbres de l'ignorance, et cette
plaie est plus profonde qu'on ne le
croirait d'abord. Il faudra peut-être
plusieurs générations pour la cicatriser,
parce que le père qui a été privé du
bienfait d'une éducation soignée, en
sent moins vivement la nécessité de
donner à son fils des connaissances qu'il
n'a pas lui-même, et dont la privation
ne lui cause aucun regret, parce qu'il
est hors d'état d'en apprécier l'utilité.

L'instruction publique fut enfin réor-
ganisée ; mais , par une fatale consé-
quence des projets que formait déjà
celui qui avait asservi la France sous
son joug , on lui donna une tendance
militaire. C'était le bruit du tambour qui
réveillait les muses , et les oreilles qui
venaient d'entendre les accents harmonieux de Virgile , étaient forcées d'écou-
ter la voix rauque d'un caporal qui
commandait l'exercice. L'uniforme militaire dont un enfant se voyait revêtu
avant douze ans , semblait lui dire :
« A quoi bon travailler à t'instruire ?
Ne seras - tu pas soldat dans quelques
années ? » Il en résulta que les lettres furent encore négligées ; que les sciences
exactes furent seules cultivées , parce
qu'elles étaient un moyen d'avancement
dans la carrière militaire, et que l'instruction publique , au lieu de produire des

poètes, des orateurs, des logiciens, fit
naître des mathématiciens et des soldats. C'était ce que voulait un gouvernement dévorateur d'hommes. C'est
surtout dans cette seconde génération
révolutionnaire qu'on trouve ces demi-
talents qui ne connaissent d'autre moyen
pour s'élever, que de tâcher de rabaisser à leur niveau ceux qu'ils sont inca-
pables d'atteindre, et qui prononcent
d'un ton si tranchant sur des objets
qu'ils ne peuvent comprendre. C'est
encore parmi les élèves de cette école
qu'on trouve ces égoïstes qui, nourris
dans l'espoir de parvenir aux honneurs
militaires, en montant de grade en
grade sur les cadavres sanglants de leurs
camarades, ne peuvent pardonner à un
gouvernement paternel ses vues bien-
faisantes et pacifiques.

Lady Morgan fait le reproche aux royalistes français (et je crois qu'aujourd'hui c'est le faire à presque toute la nation) de ne pas se montrer assez sensibles aux services que les Anglais leur ont rendus. Elle ignore donc que la reconnaissance ne se mesure pas toujours sur l'étendue du bienfait qu'on reçoit, mais sur les intentions de celui qui le confère? Or, je le demande à tout homme de bonne foi : si l'Angleterre a amené en partie la fin de la plus épouvantable révolution qui ait jamais ravagé la terre ; l'anéantissement du despotisme militaire le plus intolérable ; la réinauguration d'une dynastie à laquelle les Français sont attachés par des liens que des factieux avaient pu relâcher, mais non pas rompre ; son but était-il de délivrer la France du joug de fer sous lequel elle était courbée, de fermer ses blessures, d'assurer son bonheur en lui rendant ses souverains légitimes ? Non. Elle combattait *pro aris et focis*. Il s'agissait de conserver son commerce, sa suprématie maritime, en un mot, son existence qui se trouvait menacée , et nous avons profité secondairement des causes premières qui lui ont fait prendre les armes , comme les esclaves chrétiens qu'elle a délivrés à Alger , ont dû ce bienfait à l'insulte que le pavillon anglais avait reçu à Bona.

A Dieu ne plaise que je veuille en conclure que nous ne devons savoir aucun gré à l'Angleterre des efforts que son intérêt personnel a déterminés , à la vérité , mais dont les avantages que retireront nos enfants ne peuvent être payés trop cher ! Mon seul but est de

démontrer qu'il n'est pas étonnant de
ne pas trouver , même parmi les royalistes les plus purs , cette exagération
de reconnaissance qui ne peut être ins-
pirée que par des services tout-à-fait
désintéressés.

Lady Morgan est plus heureuse dans
la peinture des faits que dans celle des
causes auxquelles elle les attribue , et
des conséquences qu'elle en tire. Ses
détails sur les diverses sociétés de Paris,
et sur les mœurs de cette ville , sont
vrais en général , parce que ce n'est
jamais son cœur qui l'égare, mais seulement son imagination, qui est entraî-
née par un faux système politique. Mes
concitoyens ne pourront cependant
s'empêcher de sourire en l'entendant
affirmer gravement « qu'il faut toujours
» à une Française des battements de

» cœur ; qu'elle est si heureuse quand
» le cœur lui bat ! » Mais qu'elles se
consolent : le cœur de lady Morgan a
aussi battu plus d'une fois pendant son
séjour en France, et souvent même à
bon marché, car il ne faut que la vue
d'un sentinelle en faction pour produire
cet effet.

Si j'écrivais pour des Anglais, je re-
lèverais quelques petites erreurs de fait
que commet lady Morgan dans le tableau qu'elle trace de la société. Mais
elles seront trop facilement aperçues en
France pour que je croye devoir m'ap-
pesantir sur ce sujet. Quel Français
croira, sur son assertion, que « la
» femme de chambre se tient dans l'anti-
» chambre où se réunissent les laquais;
» que le maître d'hôtel y règle ses
» comptes, et qu'il est chargé d'an-

» noncer les visites qui arrivent ? »
Quant à la bibliothèque des domestiques, c'est une véritable caricature,
et les bibliographes français auront
quelque obligation à lady Morgan de
leur avoir appris l'existence des livres
intitulés : l'*Auteur laquais* et *la vie de
Jasmin le bon laquais*. Je n'ai nulle
peine à croire que ces ouvrages soient
« écrits avec une grande simplicité » ;
mais leur « utilité » me paraît infiniment
plus douteuse.

Après avoir consacré un livre aux
paysans et deux à la société, elle donne
pour titre aux trois suivants, Paris. J'ai
peine à me résoudre à critiquer un titre;
mais de ces trois livres, le second seulement dit quelques mots sur le matériel
de cette ville, et les deux autres sont encore relatifs à la société. Le déjeûner,

le dîner et les assemblées du soir, sont les principaux sujets du premier. C'est en revenant de faire un déjeûner à la fourchette au château de Plaisance, qu'après avoir accusé Charles VII d'avoir abandonné Jeanne d'Arc, qui fut pourtant sacrifiée par les Anglais à leur vengeance, elle visite le château de Vincennes. On juge bien qu'ici elle n'épargne ni les réflexions sur les lettres de cachet dont l'usage fut si rare sous le règne du bon Louis XVI, ni les tirades contre le despotisme qui ne fut jamais si pesant sur la France que pendant les années que lady Morgan regarde comme les plus belles de son histoire. La description pittoresque des tours, des fossés, des pont-levis, des donjons, remplit plusieurs pages. Elle est surprise « que le peuple, après avoir abattu » la Bastille, ait laissé subsister cet

» autre monument de tyrannie ». Mais elle partage donc une erreur vulgaire ; elle confond l'effet avec la cause ; elle croit, comme le commun des hommes, que le despotisme s'écroule avec les murs qui renfermaient ses victimes. La révolution qu'elle chérit tant aurait bien dû la détromper. Pour une prison d'état qu'elle avait détruite, elle couvrit toute la France de nouvelles bastilles, et métamorphosa en donjons et en cachots les châteaux et les couvents où les victimes des divers partis qui asservirent successivement notre malheureuse patrie, et notamment celles de son dernier dominateur, furent arbitrairement entassées pour y attendre un assassinat juridique, ou un massacre populaire, ou pour y gémir dans un emprisonnement dont elles ne pouvaient ni voir ni espérer le terme.

C'est bien justement que la vue de la
chapelle expiatoire érigée dans le château de Vincennes à la mémoire du
jeune et infortuné duc d'Enghien, produit sur lady Morgan une impression
mélancolique. Mais comment peut-elle
parler « de la fatale politique qui peut
» avoir, ou ne pas avoir, nécessité sa
» mort? » (1) Nécessité ! Qui donc
oserait supposer qu'il puisse exister
l'ombre la plus légère d'une excuse
pour couvrir le forfait le plus atroce
qui ait jamais déshonoré les pages de
l'histoire ; qui réunit la scélératesse du
meurtre de sang-froid, à l'infamie de
la violation de la foi publique? Quand
Néron empoisonna Britannicus, il ne
l'avait pas envoyé saisir par ses satellites

______

(1) Cette phrase est omise dans la traduction.

sur un territoire étranger, et l'assassi-nat de Germanicus..... Mais hâtons-nous de quitter ce sujet lugubre : *Rose et Colas* qu'alla voir lady Morgan à son retour de Vincennes, ne pourrait dissiper les sombres réflexions qu'il fait naître.

C'est par le boulevard des Italiens que notre voyageuse fait son entrée à Paris, et il faut pardonner à une étrangère de l'avoir prolongé jusqu'à celui du Temple, et d'y avoir placé Bobèche, et le café turc. Elle donne très-peu de détails sur les monuments de cette ville ; critique beaucoup les peintres du siècle de Louis XIV, dont l'un (Lafosse) a pourtant peint les plus beaux plafonds qui existent à Londres, ceux du Musée britannique ; et ne trouve rien à admirer dans l'architecture française, chose assez étonnante pour des yeux accoutumés à voir les maisons simples, uniformes et sans ornement, qu'on rencontre dans toute l'Angleterre. La manufacture des Gobelins lui paraît un établissement sans utilité. Il est probable que s'il eût été formé pendant la révolution, nous en aurions eu une description toute différente ; mais il date de l'ancien régime, « ses produits » sont trop chers pour pouvoir appar- » tenir à d'autres personnes qu'à des » têtes couronnées, » et tout cela ne le fait pas paraître sous un jour favorable aux yeux de la philosophie systématique de notre auteur.

Mais s'il existe un peu de sécheresse dans la description des monuments publics, nous en sommes dédommagés par l'abondance des détails qu'elle nous

donne sur quelques maisons particulières qu'elle ne manque pas de décorer toutes du titre d'*hôtel*. Elle commence par celle que fit construire l'auteur de « la comédie la plus amusante
» et la plus philosophique qui ait ja-
» mais été écrite dans aucune langue,
» *le mariage de Figaro.* » Oui, sans
doute, *philosophique!* Un jeune page
amoureux de la femme de son bienfai-
teur, et qui éprouve *des battements
de cœur* à la vue de toutes les femmes
jeunes ou vieilles; une épouse dont *le
cœur bat* aussi à la vue du joli page;
un seigneur qui se dégrade jusqu'à vouloir séduire sa servante, la femme de
son valet; un juge imbécille; des fripons
subalternes; voilà certainement des personnages très-philosophiques! Lady Morgan a la bonté d'admirer dans cet hôtel,
et de consigner à l'immortalité dans

son ouvrage, une de ces pierres de la Bastille dont Palloy, qui se baptisa *le patriote*, inonda la capitale et les départements ; celle qui paraît si précieusement enchâssée dans *l'hôtel Beaumarchais*, est peut-être le seul de ces ridicules trophées dont la conservation, fort étrange sans doute, puisse rappeler encore le stupide et fanatique personnage qui imagina de les élever.

Elle fait un éloge bien mérité de la superbe Madeleine pénitente de Canova, qui appartient à M. de Sommariva. J'ai aussi admiré ce chef-d'œuvre, et jamais je ne me serais imaginé qu'on pût dire qu'il représentât *un beau squelette*. Oui squelette, *skeleton*, c'est l'expression employée par lady Morgan, quoique son traducteur ait jugé à propos de l'adoucir. J'y ai retrouvé Madeleine toute entière, et qui dans l'austérité de sa pénitence, pourrait encore allumer dans le cœur de plus d'un Pygmalion, le désir de voir la statue s'animer (1).

---

(1) L'expression dont se sert la dame anglaise, relativement à cette sculpture, est sans doute très-absurde ; mais on peut dire aussi qu'il y a de l'exagération dans les éloges que lui prodigue l'auteur. La Magdeleine de Canova offre , de même que tous les ouvrages de ce sculpteur célèbre, des beautés et des défauts , *habent sua fata libelli*. Cet artiste est du petit nombre de ces talents heureux devant qui la critique n'ose élever la voix, dont elle craint en quelque sorte de troubler les triomphes , et d'obscurcir un peu la gloire, et que l'on voit après leur mort, et contre la marche ordinaire des choses, placés par elle, quelques degrés au-dessous du rang qu'ils occupèrent de leur vivant: c'est ce qui arrivera à Canova. La postérité le mettra au nombre des sculpteurs modernes qui ont manié le marbre avec le plus de facilité, qui ont rendu les chairs avec le plus de délicatesse et de senti-

Lady Morgan s'égaye beaucoup sur nos enseignes. J'ignore si « saint Augus- » tin qui promet de reblanchir les » vieilles plumes à neuf, et l'Ange gar- » dien qui s'annonce pour faire des en- » vois à l'étranger », passeront pour des traits d'esprit et de goût en Angle- terre ; mais ces rapprochements ingé- nieux n'auraient de succès en France que sur le théâtre des Variétés. Peut- être aurait-elle dû remarquer que les

---

ment ; mais elle attaquera en même temps son style, qui n'est point exempt de manière et d'afféterie ; son dessin qui est souvent inégal et incorrect ; ses draperies surtout, presque toujours au-dessous du médiocre : et loin d'admettre cette comparaison que l'on fait sans cesse de ses ouvrages avec l'antique, on prouvera sans beaucoup de peine, qu'il est à une distance infinie de ces chef-d'œuvres, et que des sculpteurs ses contemporains, moins célèbres que lui, en ont approché d'avantage.

(*Note de l'Editeur.*)

tableaux qui ornent quelques-unes de ces enseignes, sont meilleurs que la très-grande majorité de ceux qu'on offre tous les ans à l'admiration publique dans les salons d'exposition des peintures de l'école anglaise. Habituée à ne voir sur les boutiques de Londres que le nom du marchand, elle semble accuser nos enseignes de charlatanisme ; mais si elle me permet d'invoquer le génie de son auteur dramatique favori, de Beaumarchais, pour rajeunir un vieux proverbe, je dirai *à bon charlatan point d'enseigne*. Le marchand français le plus adroit peut aller prendre des leçons à Londres. C'est là qu'il apprendra l'art de faire extérieurement un étalage pompeux de marchandises quand le magasin est presque vide. S'il n'existe pas d'enseigne à la boutique, il s'en trouve

une sur chaque objet mis en vente. Un
billet attaché à chaque marchandise ex-
posée aux regards, en indique le prix
et la qualité. Le prix est toujours accompagné du mot *only* qui signifie
seulement. Comment ne pas acheter
une chose qui *ne* se vend *que* tel prix?
La qualité est toujours relevée par quelque épithète bien ronflante, comme :
mousseline *incomparable*, drap *super-
fin*, toile d'une largeur *extraordinaire.*
C'est le cas de faire observer ici, en
passant, que l'anglais est la langue des épithètes; elles sont des satellites qui marchent invariablement en avant de chaque substantif, et un étranger arrivant
à Londres, ne ferait pas mal de songer
que, pour ne pas risquer d'être trompé
sur la valeur des phrases, il faut faire
peu d'attention à celle des adjectifs, et

en retrancher impitoyablement les neuf dixièmes (1). Quelques marchands affichent sur leurs fenêtres que ce n'est que dans leur magasin qu'on peut trouver tel objet qu'offrent toutes les boutiques de toutes les rues de Londres. D'autres y annoncent qu'étant sur le point de quitter le commerce, ils vendent leurs marchandises à moitié prix pour s'en débarrasser, et vous verrez pourtant cet avis décorer leurs croisées pendant des années entières. Je pourrais pousser plus loin les détails inépuisables du manège mercantile anglican, mais

----

(1) Un auteur fut accusé, il y a peu de temps, d'avoir manqué dans un de ses ouvrages, au respect dû à un comité de la chambre des communes. Mandé devant ce comité, et interrogé pourquoi il avait employé telle expression, il répondit que c'était uniquement pour arrondir sa période.

ce que j'en ai dit suffit pour qu'on doive pardonner à nos marchands d'avoir recours « à la belle Hélène et » aux trois sultanes qui, dans tous les » quartiers, attirent les yeux et inté- » ressent le goût et les sentiments du » passant imprudent ».

J'arrive enfin au livre vii, consacré aux spectacles, sujet où les préjugés nationaux que lady Morgan avait se- coués jusque-là, se représentent en foule, et prêtent des forces auxiliaires au vice du système général de son ou- vrage. Ce sont les eaux d'un torrent comprimé qui renversent enfin les di- gues qui les retenaient captives, et en- traînent dans leur cours les édifices qu'on croyait assis sur les fondements les plus solides.

Le siècle de Louis XIV sera éter-

nellement , aux yeux du goût, l'âge d'or
de la littérature française. Ce n'est que
lorsque les auteurs du siècle suivant
ont désespéré d'atteindre à la noblesse
et à la pureté du style qui caractérise
les grands écrivains de cette époque,
que des pygmées littéraires ont cherché
à rabaisser le colosse imposant dont la
hauteur les humiliait. Ils lui ont op-
posé les Rousseau, les Buffon, les Vol-
taire, oubliant que ces hommes justement célèbres, s'étaient formés à l'é-
cole des grands maîtres, et que ceux
qui se sont formés à la leur ont toujours marché en proportion décrois-
sante. C'est à la littérature, depuis le
siècle de Louis XIV jusqu'à nos jours,
qu'on peut appliquer justement le passage d'Horace.

Ætas parentum , pejor avis , tulit
Nos nequiores ,

et je crains bien qu'il ne faille ajouter :

Mox daturos
Progeniem vitiosiorem.

Mais la littérature n'avait pas seule couronné le brillant édifice du règne de Louis-le-Grand. C'était une citadelle construite par les arts, les sciences, les lettres et la gloire des armes. Pour en faire écrouler une partie, on a attaqué toutes les autres, et l'on a eu successivement recours à la mine et à l'assaut.

Les fauteurs et les sectateurs de la révolution se sont montrés les plus ardents ennemis de ce siècle, parce que sa gloire est liée à celle du Monarque qui y présida, comme Auguste et Périclès présidèrent aux ères brillantes de Rome et d'Athènes. Or, lady Morgan déterminée à ne voir de bien en France que par la révolution, que dans la révolution, ne pouvait manquer de se joindre aux détracteurs de la plus belle époque de notre histoire. Son ouvrage fourmille de sarcasmes contre le siècle de Louis XIV, et surtout contre ce monarque. Le traducteur les a considérablement adoucis, mais il n'a pu changer l'esprit général du livre, et on l'y voit percer presque à chaque page et nulle part d'une manière si forte, si évidente, que dans la portion de son ouvrage dont je vais dire quelques mots.

Quel est l'auteur qu'elle choisit pour le sacrifier comme victime sur l'autel de la révolution? Le croirait-on? c'est le poète le plus pur, le plus harmonieux, le plus enchanteur, dont la France puisse s'honorer; dont pas une tournure, pas une expression n'a vieilli ; dont l'élégance et la correction ont fait le désespoir de ses contemporains , comme de ses successeurs, RACINE en un mot. Ses inimitables tragédies ne sont , à son avis , que « d'élégantes paraphrases » des drames grecs » , il fournit à peine « un exemple de ces élans » d'une imagination hardie et exal- » tée, de ces brillantes métaphores , » de ces comparaisons ingénieuses dont » Shakespeare est rempli ». Et à l'appui de cette assertion, elle cite de si bizarres expressions de ce poète, qu'elle n'aurait pu mieux les choisir , si elle avait voulu le ridiculiser aux yeux des Français. « Ses tragédies » , dit-elle plus loin , « n'offrent pas une image poéti- » que, pas une observation philoso- » phique, pas un caractère original ,

» pas une fable de son invention........
» Britannicus n'est qu'une suite de
» longs et froids récits, d'antithèses,
» d'épigrammes, de dialogues où cha-
» que interlocuteur parle pendant une
» demi-heure ». A peine put-elle en
soutenir la représentation jusqu'à la
fin, quoique « elle fût dans une loge
» choisie par M. Talma lui-même ».
Enfin Racine « n'est guères autre chose
» que Tacite mis en vers. »

Je pardonne à une étrangère de ne
pas être sensible à la magie des vers du
prince des poètes français : j'abandonne
donc le style inimitable de Racine ;
mais *les sentiments philosophiques*,
les métaphores brillantes, etc., doivent
se reconnaître sous le coloris des expressions dont un auteur prend soin
de les revêtir. Lady Morgan ne trouve-

t-elle donc pas quelque *philosophie* dans ces beaux vers prononcés par Agamemnon dans Iphigénie :

> Heureux qui , satisfait de son humble fortune,
> Libre du joug superbe où je suis attaché ,
> Vit dans l'état obscur où les Dieux l'ont caché.

Mais j'oublie que lady Morgan, qui cite du latin, de l'italien, et surtout du français à chaque page dans son ouvrage , est sans doute aussi familière avec le grec, et je l'entends s'écrier que ces vers sont *une paraphrase* d'Euripide. Que faire pour la contenter ? Si j'ouvre *Phèdre*, Sénèque en aura fourni tous les traits, comme Tacite pour *Britannicus*, et Euripide pour *Iphigénie*. *Andromaque*, ainsi que Tite et Bérénice , ne seront encore qu'une compilation de divers historiens. Quinte-Curce et Arrien revendiqueront *Alexandre* ;

Mithridate ne sera pas de meilleur aloi. Aristophanes me défend d'ouvrir *les Plaideurs ; Athalie , Esther* sont la Bible *versifiée ;* et si je descends jusqu'aux *frères ennemis ,* elle évoquera l'ombre de Stace pour les réclamer. Voilà donc le plus brillant soleil de la littérature française dépouillé de tous ses rayons, et encroûté par lady Morgan sous une triple couche de latin, de grec et d'hébreu ! Mais j'aperçois encore une étincelle à laquelle nous pourrons peut-être rallumer le flambeau de sa gloire, c'est *Bajazet.* Euripide et Tacite ne sortiront pas de leur tombe pour en revendiquer des hémistiches , et lady Morgan sera forcée d'avouer que *la fable est de l'invention* de Racine , qu'il en a *créé les caractères ;* et si elle ne rend pas justice à la profondeur, à la beauté de celui d'*Acomat,* il faudra en conclure qu'elle est absolument décidée à traiter cet auteur de *turc-à-more*.

Ne cherchons donc que dans cette pièce la preuve que notre poète possède toutes les qualités que lui refuse la prosodiste anglaise : ce sera le moyen d'éviter toutes récriminations. C'est nous borner beaucoup ; mais dans un auteur si riche, il ne faut parcourir que quelques pages pour trouver tous les trésors littéraires.

Il est très-vrai que nous ne trouverons pas dans Racine *les tours coiffées de nuages*, ni *les gouttes de rosée secouées de la crinière d'un lion* que lady Morgan admire dans Shakespeare; mais je doute qu'elle puisse nier qu'il existe quelque *élan d'imagination* dans le vers où Roxane dit à sa confidente, en la laissant près d'Atalide , qui est plus morte que vive ,

« Prends soin d'elle ; ma haine a besoin de sa vie. »

Et dans celui où après qu'elle a proposé à Bajazet d'aller voir expirer Atalide entre les mains des muets, en lui disant:

« Ta grâce est à ce prix , si tu veux l'obtenir, »

Ce prince lui répond :

« Je ne l'accepterais que pour vous en punir. »

J'ignore si elle regardera comme des *métaphores* assez *brillantes* le passage où Acomat, au lieu de dire à Roxane : « Laissez sortir Bajazet du palais » , lui dit :

« Souffrez que Bajazet voye enfin la lumière :
Des murs de ce palais ouvrez-lui la barrière. »

Celui où Atalide dévorée de jalousie voulant dire que Roxane aura exprimé sa douleur à Bajazet, donne la parole à la douleur même, et dit :

« Elle aura devant lui fait parler ses douleurs. »

Enfin celui où cette sultane voulant instruire Bajazet qu'il peut encore lui offrir ce cœur qui est tout à Atalide, lui dit :

« Le chemin est encore ouvert au repentir. »

Tout cela est trop simple, trop naturel sans doute pour plaire à lady Morgan, et je crains qu'elle ne soit pas plus satisfaite des *images poétiques* que je vais lui citer, quoique fort embarrassé pour les choisir, parce que *inopem me copia fecit*, je me trouve pauvre à force de richesses. Cependant on regardera toujours comme riches de poésie ces vers d'Acomat.

« Le cruel Amurat,

Avant qu'un fils naissant eût rassuré l'État,

N'osait sacrifier ce frère à sa vengeance ,

Et du sang ottoman proscrire l'espérance. »

Celui d'Atalide,

« Mesurez vos malheurs aux forces d'Atalide. »

Et ceux de Bajazet :

« J'aime mieux en sortir sanglant, couvert de coups ,

Que chargé, malgré moi , du nom de son époux. »

Quant aux *observations philoso-*
phiques, Racine n'est ni rhéteur ni
déclamateur ; il met rarement des sentences dans la bouche de ses personnages , mais il leur prête toujours le
langage qui leur convient, et ce langage
est philosophique quand l'occasion le
demande. A l'appui de cette assertion,
je ne citerai que deux vers dont lady
Morgan ne pourra contester *la philo-*

sophie, car ils sont bien dans ses principes. C'est Acomat qui parle :

« Je sais rendre aux Sultans de fidèles services ;
Mais je laisse au vulgaire adorer leurs caprices. »

Un déclamateur aurait dit :

« On peut rendre aux Sultans de fidèles services ;
Mais le vulgaire seul adore leurs caprices. »

Il ne faut pas de commentaire pour prouver combien ces vers de Racine sont mieux en situation, plus conformes au caractère de son personnage.

On a beaucoup vanté le *qu'il mourût* de Corneille. Mais on trouve dans Racine des traits aussi *sublimes*. Roxane va avoir avec Bajazet un dernier entre-tien qui doit décider du sort de ce prince. Les muets attendent leur vic-time, mais elle peut encore le sauver.

« Je puis le retenir , »

dit-elle à sa confidente ,

« Mais s'il sort, il est mort. »

Bajazet arrive : Roxane voit son amour méprisé, devient furieuse, et livre son amant au trépas par ce seul mot,

« Sortez. »

Plus il est simple, plus il offre de vrai sublime. Il suffit pour que les auditeurs voyent déjà ce prince livré aux muets, et expirant sous le fatal cordon.

Je ne pousserai pas plus loin mes citations. Elles étaient peut-être inutiles pour des lecteurs français ; mais il est possible que cet écrit tombe entre les mains de quelques Anglais, et j'ai cru pour cette raison devoir y insérer une réfutation de l'anathème prononcé par lady Morgan contre notre auteur favori.

Je suis convaincu, au surplus, que lady Morgan est de bonne foi, en critiquant Racine. Élevée dans l'adoration des idoles, son cœur ne peut s'ouvrir au culte du vrai Dieu. Nourrie dès son enfance de la lecture de Shakespeare, comme elle nous l'apprend elle-même, elle croit que moins on s'approche de ce modèle, plus on s'éloigne de la perfection. Jamais l'esprit anglais ne pourra se plier aux règles sévères que le goût a dictées par la bouche d'Aristote, d'Horace et de Boileau. Elle donne pourtant quelquefois, sans y penser, des armes contre elle-même. Voulant tourner en ridicule les académies, elle dit dans son livre VIII :

« Homère , Ossian , Milton , Shakes-
» peare n'étaient d'aucune académie ,
» et Aristote qui prescrivit des règles
» aux autres , n'en reçut que de la
» nature ». Prenez-y garde, milady ,
vous savez le latin , puisque vous en
citez , et je puis vous dire ici *habemus*
confitentem reum. Si c'est la nature
qui a inspiré Aristote , la règle des trois
unités est donc dans la nature , car
c'est une de celles qu'il impose. Pourquoi donc la rebelle Angleterre refuse-
t-elle de s'y soumettre ? Mais tous les
raisonnements sont inutiles ici. La noble
simplicité des théâtres grec et français
ne peut avoir de charmes pour les Anglais ; et la seule tragédie régulière que
je leur connaisse , le *Caton* d'Adisson ,
n'a obtenu chez eux que ce que nous
appellerions en France *un succès d'es-*
time. Le mélange , monstrueux à nos

yeux, du burlesque avec le sublime, du terrible avec le trivial, est pour eux le plus haut point de perfection où l'art puisse atteindre. Aussi nos mélodrames du boulevard obtiennent-ils le plus grand succès sur leurs premiers théâtres. Ils voudraient voir jouer dans la même tragédie mademoiselle Georges et Élomire, Talma et Brunet, Saint-Prix et Tiercelin. ---- Saint-Prix? Non, ce n'est pas lui qu'il faudrait mettre en scène pour plaire à lady Morgan; car, de tous les acteurs dont elle parle, il est le seul qui ne puisse trouver grâce à ses yeux. Et pourquoi? C'est qu'il appartient à l'école dramatique qui a précédé la révolution, à cette école qui a produit les Clairon et les Lekain. Il est au surplus assez plaisant de voir qu'à cette seule exception près, elle comble d'éloges tous nos acteurs en particulier, après avoir amèrement critiqué leur jeu en termes généraux. Je ne puis cependant regretter que « leurs bras en » gesticulant, n'imitent pas l'agitation » des branches d'un chêne mises en » mouvement majestueux par le souffle » des vents », perfection de jeu qu'elle attribue à M. Kemble. C'est sans doute là une de ces *métaphores brillantes* qu'elle se plaint de ne pas trouver dans Racine, et qu'il est très-vrai qu'on y chercherait vainement.

Talma et Brunet sont ses deux acteurs favoris. Je crois pourtant que la balance penche un peu en faveur du second. La manière dont le premier « joue avec son écharpe, et semble en » compter les fils, dans la scène où » Néron écoute la défense d'Agrippine, » aurait électrisé un parterre anglais,

» et ne put fondre la glace d'un audi-
» toire français. »

C'est pourtant cet auditoire si froid qui offre à lady Morgan, le jour de la première représentation de *Charlemagne*, « la plus terrible image d'une » commotion populaire ». Qui ne croirait d'après cela que les théâtres anglais sont l'asyle de la décence et de la tranquillité ? Il en est pourtant bien autrement. Si le public a, ou croit avoir à se plaindre d'un acteur, son indignation y sera bien plus bruyante, bien plus prolongée qu'en France. Elle n'a pas oublié sans doute que, lorsqu'on voulut augmenter le prix des places du théâtre de Covent-Garden, après l'incendie de la salle, et y introduire, ce que nous appelons en France, des loges grillées ; le tumulte fut tel dans la salle pendant quinze jours, qu'il fut impossible d'y jouer une seule fois. On forçait la porte, on entrait sans payer, ou en payant ce qu'on voulait ; et dès qu'un acteur se présentait sur le théâtre, on le forçait d'en sortir. Enfin, les directeurs furent obligés de rétablir les anciens prix, et de supprimer les loges grillées. Tout récemment encore, un débutant, nommé Booth, ayant encouru, non sans l'avoir bien mérité, la disgrâce du public, fut, trois fois consécutives, chassé du théâtre par les cris, les huées et les sifflets, qui font pourtant rarement entendre leur mélodie en Angleterre. Le spectacle ne put avoir lieu pendant ces trois jours, et ce ne fut qu'après les excuses et les soumissions les plus humbles, faites en plein théâtre, réitérées dans les journaux, et placardées sur tous les murs qu'on lui permit de s'y remontrer.

Si lady Morgan traite avec rigueur la tragédie française, elle a plus d'indulgence pour la comédie. Elle ne dit pas, comme M. Scott, « que la comédie est » excellente en France, parce que tous » les Français sont comédiens par na-» ture ; mais elle convient que c'est en » France que se trouvent les meilleurs » acteurs comiques de l'univers. »

Molière est à son avis le seul poète dramatique français qui soit comparable au divin Shakespeare, et cependant « Tartuffe joué par les premiers ac-» teurs , l'endormit presque , tandis » qu'elle aurait vu tous les jours Brunet » et Pottier avec un nouveau plaisir ». Quel précieux échantillon du goût anglais ! « Les pièces en prose de cet auteur

» lui paraissent infiniment supérieures » à celles qu'il a écrites en vers ». Ainsi, voilà *les Fourberies de Scapin* placées sans façon au-dessus du *Misanthrope!* Le jeu décent de mademoiselle Mars, dans la scène délicate où elle écoute la déclaration du Tartuffe, est aussi l'objet de la critique de lady Morgan. Elle n'y trouve pas assez de jeu muet. « Ses » beaux yeux ordinairement si brillants, » dit-elle, étaient fixes et muets ». Elle aurait désiré sans doute que l'actrice eût en ce moment joué la coquetterie, et les remarques qui suivent annoncent qu'elle aurait même voulu lui voir jeter, de temps en temps des regards malins sur le parterre, comme pour le mettre dans la confidence, le rendre acteur dans la pièce, et lui dire : « Voyez » comme je trompe la pauvre dupe » ! Si c'est là le bon goût à Londres et à

Dublin, il n'en est heureusement pas de même à Paris.

Je ne puis trop deviner pourquoi lady Morgan, qui parle en détail des plus minces spectacles de Paris, a entièrement oublié l'Opéra-comique. La seule raison que j'en puisse imaginer, c'est que ce genre n'est pas du tout anglais. On donne bien à Londres de soi-disant opéras anglais qui sont rarement comiques, à moins qu'ils ne tombent dans la grosse farce; où le peu de chœurs qui s'y trouvent sont ordinairement fort mal exécutés ; dont les morceaux les plus saillants sont ce qu'on appelle un *glee*, espèce de canon à trois voix, et où un acteur qui vient sur la scène pour chanter son ariette, commence par faire une révérence au parterre, chante un morceau qui souvent n'a pas le moindre rapport avec la pièce, et se retire après un nouveau salut, ce qui fait sans doute partie du jeu muet que lady Morgan regrette de ne pas trouver sur nos théâtres.

En rendant compte des spectacles du boulevard, elle dit que « les specta- » teurs y sont bruyants et grossiers ». Je ne nierai pas que le parterre de *la Gaîté* ne soit autrement composé que celui de l'*Opéra*. Mais la même différence règne à Londres entre *Covent-Garden* et *Sadlers-Wells*. Et cependant, même dans nos spectacles du dernier ordre, jamais en France un acteur qui déplaît, n'est assailli d'une grêle de pommes cuites, et de pelures d'oranges qui pleuvent sur lui de toutes les parties de la salle : jamais les personnes assises au parterre ne reçoivent sur la tête les restes du souper que font celles qui se trouvent dans les galeries qui sont ce que nous appelons *le paradis*. Nous pouvons donc penser qu'en général, le peuple réuni dans nos spectacles , montre plus de tranquillité , plus de décence, que celui qui se rassemble dans les théâtres anglais.

Le livre VIII, qui contient en anglais onze feuilles d'impression, n'est qu'une longue notice biographique sur un très-petit nombre de personnes qu'elle baptise « caractères éminents et littéraires ». Si la critique a droit de porter un jugement sévère sur les ouvrages, elle doit respecter les personnes. Je déclare donc qu'en m'interdissant toute discussion sur ce sujet, je n'entends pas reconnaître la justesse des éloges ni de la censure de lady Morgan. Il est cependant à propos de remarquer que ce que cette dame appelle *caractères éminents et littéraires*, sont presque exclusivement ceux avec lesquels elle a eu des liaisons en France. Il semble qu'elle ait fait vœu de leur adresser à chacun un compliment, et qu'elle ait dit comme Énée, avant de se mettre à écrire :

« *Nemo ex hoc numero mihi non donatus abibit.* »

Elle cite dans son ouvrage le vers :

« Et nul n'aura d'esprit que nous et nos amis. »

Elle aurait pu s'en faire l'application; et les arrêts littéraires les plus dignes de risée, dont la chronique des *bureaux d'esprit* ait conservé le grotesque souvenir, peuvent à peine être comparés aux flatteries insipides que la romanesque lady prodigue à certains personnages *éminents en littérature* pour lesquels il n'y a point en France assez de mépris et de sifflets. Les honnêtes gens qui se trouvent avoir une part dans ces étranges éloges, doivent être bien désolés de se rencontrer en aussi mauvaise compagnie. Du reste, lady Morgan, en donnant ainsi des *suffrages de coterie*, rend justement ce qu'elle a reçu. Il n'y eut jamais de plus parfaite compensation.

On ne sera pas surpris de voir cette dame avec le même goût qui ne trouve rien à admirer dans Racine, placer « dé- » cidément, à la tête de tous les poètes » qui ont paru en France depuis la ré- » volution, l'auteur de *Pinto*, de *Cristophe Colomb*, et de vingt autres pièces plus ou moins inconnues, dont elle donne la nomenclature. J'ai relu trois fois (et c'est beaucoup) les quatre pages qu'elle consacre à son poème de *l'Atlan-*

tiade. J'y soupçonnais de l'ironie que j'accusais le traducteur de n'avoir pas sentie. Mais la lecture de l'original m'a convaincu que la traduction est fidèle, et que tout ce que lady Morgan en dit est bien véritablement sérieux.

L'Institut plaisait beaucoup à lady Morgan, mais elle n'aime pas les académies. Est-il besoin de dire pourquoi? L'Institut était né de la révolution, et les académies sont une institution de l'ancien régime. S'il m'est permis de donner mon opinion après celle de l'auteur je dirai que cet amalgame des sciences , des arts et des lettres , m'a toujours paru souverainement ridicule, et qu'il était excessivement bizarre de faire concourir des poètes à la nomination d'un géomètre, et des astronomes à celle d'un peintre.

Elle critique sévèrement les anciens auteurs qui ont brûlé leur encens sur l'autel des grands, surtout ceux qui ont loué Louis XIV, dont elle n'écrit jamais le nom sans y joindre quelque épithète injurieuse (supprimée dans la traduction), et elle ne dit pas un mot des flagorneurs de nos jours qui ont prodigué tant d'éloges sans pudeur à l'homme qui tenait la France courbée sous un joug de fer : elle s'amuse à lancer des sarcasmes contre *la guirlande de Julie*, ouvrage insignifiant sans doute, et elle ne parle pas du plat recueil, fruit de l'adulation révolutionnaire, intitulé : *La Couronne poétique impériale*, nouvelle preuve de l'impartialité de ses jugements.

Quelqu'un a prétendu que les traits de la physionomie de deux époux qui vivent ensemble depuis plusieurs années,

et toujours en bonne intelligence, finis-
sent par se modeler en quelque sorte les
uns sur les autres, et par offrir, aux
yeux de l'observateur, des caractères de
ressemblance. Je ne sais jusqu'à quel
point cette observation peut être vraie
au physique; mais j'ai sous les yeux la
preuve de sa justesse au moral, dans les
appendix que sir Charles Morgan a joints
à l'ouvrage de son épouse. Le même esprit a guidé sa plume. Il est en général
équitable envers la France dans tout ce
qui tient au matériel des choses, mais
il s'égare aussi quand il veut remonter
aux causes ou descendre aux conséquences. C'est encore un apologiste outré de
la révolution, un détracteur déterminé
de tout ce qui l'a précédée, et de ce qui
existe actuellement.

Il faut pourtant rendre justice aux

deux premiers appendix. Sans doute ils n'apprendront aux Français rien de nouveau, mais ils donneront à l'Angleterre un aperçu assez fidèle de notre législation ancienne et nouvelle, et de notre système de finances, quoiqu'il s'y trouve quelques erreurs de détail pardonnables à un étranger, et auxquelles je ne m'arrêterai même pas, parce qu'il est inutile de relever une erreur, quand chacun peut s'en apercevoir.

La vénalité des offices de judicature, sous l'ancien régime, excite la bile de sir Charles. C'est un dîner réchauffé qu'il sert à ses lecteurs, et je doute qu'il paraisse meilleur en Angleterre qu'en France. Il y a long-temps que la philosophie moderne s'était déchaînée contre cet usage. Mais si la révolution avait détruit cet ordre de choses, n'est-ce pas

elle aussi qui l'a rétabli, et les cautionnements exigés des magistrats ne sont-ils
pas une véritable vénalité de leurs charges? Qu'on demande un cautionnement
à un homme qui a le maniement des de-
niers publics, et qui, par-là, est sujet à
une responsabilité pécuniaire : cela est
d'accord avec tous les principes. Mais si
un juge est ignorant, s'il est partial,
inique, tous les cautionnements du
monde répareront-ils les maux qu'il
peut causer? Ce système n'est donc pas
une mesure de précaution pour que la
justice soit bien administrée : c'est tout
simplement une opération financière,
une vénalité réelle des offices de judicature. Au surplus, malgré toutes les déclamations dont elle a été le prétexte,
j'avoue que je n'y puis découvrir l'abus
qu'on a prétendu y trouver. Sans con-
tredit, l'argent ne donne ni les lumières

ni l'intégrité nécessaires dans l'administration de la justice criminelle. Mais on
conviendra du moins que la fortune n'est
pas incompatible avec les connaissances
et l'équité. Personne n'osera soutenir
que le premier malotru pouvait acheter
une charge de conseiller au parlement,
quoique dépourvu de tout autre mérite
que d'un grand nombre d'écus accumu-
lés. Il fallait obtenir l'agrément du corps
dans lequel on voulait être admis, et
cet agrément ne s'accordait, en général,
qu'à celui qui en était digne. Le juge,
favorisé des dons de la fortune, est d'ailleurs plus indépendant, plus à l'abri de
la corruption, plus inaccessible à l'intrigue et au crédit : il craint moins de
résister à l'homme puissant; il peut plus
efficacement protéger l'innocence; enfin,
il a eu plus de moyens pour acquérir les
connaissances nécessaires dans son état,

qui exige des études préliminaires aussi longues que peu productives. Je suis pareillement bien loin de blâmer, comme sir Charles semble le faire, l'usage qui s'était introduit dans plusieurs familles, de faire passer du père au fils les charges de judicature. Je n'ignore pas que les talents et les vertus ne sont pas strictement héréditaires; mais il me semble que les fils des Lamoignon et des d'Aguesseau avaient un double intérêt à devenir des magistrats intègres et éclairés; leur gloire personnelle était liée à celle de leurs pères; le passé cautionnait l'avenir. S'il est vrai d'ailleurs que l'exemple des vices domestiques soit le premier pas vers la corruption (1), il ne

____

(1) . . . . « *Velociùs ac citiùs nos*

Corrumpunt vitiorum exempla domestica. »

Horace.

l'est pas moins que celui des vertus doit conduire à leur imitation (1). Enfin, cette vénalité tant décriée, n'empêchait pas que nos parlements ne représentassent aux Rois de fortes, quelquefois même de trop fortes, remontrances, et ne s'interposassent entre le peuple et le monarque avec un courage que n'osa jamais montrer aucun des corps populaires établis par les nombreuses constitutions qui ont désorganisé la France pendant vingt-cinq ans.

La gradation des peines criminelles qui existait en France avant la révolution, est encore un des objets qui attirent l'animadversion de sir Charles

---

(1) *« Est in juvencis, est in equis patrum*
Virtus. »
HORACE.

Morgan ; il semble même qu'il soit partisan de l'abolition totale de la peine
de mort; ce qui est encore un des rêves
de la philosophie moderne. J'avoue que
pour moi je ne puis m'habituer à voir,
comme en Angleterre, le vol de quelques schellings sur la grande route
puni du même châtiment que l'incendie et le parricide. Quel doit être le
but des lois criminelles ? « La punition
» des crimes, » se hâteront de répondre les esprits superficiels. Point du
tout. Un crime puni n'est pas réparé,
et le supplice de l'assassin ne rend pas
la vie à sa victime. Le grand objet que
doit avoir en vue la jurisprudence criminelle, doit donc être, non pas de
punir le crime, mais de le prévenir: or,
je soutiens que la gradation des peines
est un des grands moyens de diminuer
le nombre des cas où leur application

devient nécessaire. Graduez les châti-ments, et le voleur ne deviendra pas assassin. Rendez plus terrible la puni-tion des grands crimes, et la terreur qu'inspirera le supplice détournera d'en commettre de semblables. C'est donc une fausse philanthropie que celle qui voudrait un code criminel trop doux ; il multiplierait les crimes, et le but du législateur doit être de les rendre plus rares.

Je n'en veux d'autre preuve que ce qui se passe en Angleterre. Le code criminel y est beaucoup plus sévère qu'en France ; la peine de mort y est prononcée beaucoup plus fréquemment. Mais cette trop grande sévérité fait que les neuf dixièmes des condamnations à la peine capitale sont commuées en celle de la déportation. Cependant sir

Charles Morgan convient que les exécutions y sont beaucoup plus fréquentes qu'en France. Quelle en est la cause? Les Anglais sont-ils donc en général plus féroces, plus corrompus que nous ne le sommes? Non, sans doute. C'est le vice de leur jurisprudence criminelle qu'il faut accuser de cette multiplicité de délits, et c'est ce qu'il est facile de prouver.

Il ne faut pas prendre à la lettre ce que les romans disent de la politesse des voleurs anglais qui, en vous demandant votre bourse, calculent avec vous la somme qui peut vous être nécessaire, et se contentent de votre superflu. Leur manière d'opérer est beaucoup plus sommaire. Ils commencent par vous décharger sur la tête un grand coup de bâton noueux : vous tombez étourdi, ils vous volent tout ce qui peut leur convenir , et redoublent ensuite leurs coups jusqu'à ce qu'ils vous voient privé de connaissance et de mouvement. Pourquoi agissent - ils ainsi? ce n'est point par esprit de cruauté, c'est par suite du sentiment inné qui les porte à assurer leur conservation personnelle. Ils savent que s'ils sont découverts, la même peine sera prononcée contre le vol comme contre le meurtre. Ils veulent donc mettre celui qu'ils volent dans l'impossibilité de les poursuivre, et de les faire arrêter. Si les châtiments étaient mieux gradués, il n'y aurait pas plus de vols, et l'on verrait moins d'assassinats.

Le système des contributions en France n'a pas l'approbatiou de sir Charles Morgan. Il nous apprend que la formation d'un cadastre « général » est le seul moyen de parvenir à une » juste et égale répartition de l'impôt ». Il ne sait peut-être pas que cette opération est commencée ; mais ce qu'il faut lui apprendre, c'est que l'idée n'en est pas due à la révolution ; elle fut conçue par Louis XVI, dont toute la vie fut consacrée à l'amélioration de toutes les parties de l'administration de son royaume, et elle fut un des motifs qui lui firent établir les assemblées nationales.

En rangeant la loterie parmi les contributions indirectes, sir Charles déclame contre cette institution, qu'il qualifie « d'abominable ». Je suis loin d'en être l'apologiste ; mais il aurait dû remarquer qu'elle est suivie en France de beaucoup moins d'inconvénients qu'en

Angleterre ; que le charlatanisme n'y déploie pas toutes ses ressources pour tromper le peuple et lui arracher jusqu'à son dernier sou ; que nos journaux ne sont pas remplis de ces paragraphes qu'on trouve tous les jours dans les gazettes anglaises, pour ramener avec adresse à la loterie toutes les circonstances publiques ou particulières qui se présentent. La loterie est chez nous une porte ouverte par laquelle chacun est libre d'entrer ; mais en Angleterre, on fait une battue du peuple, on le presse, on le pousse pour qu'il y passe, et l'on y met littéralement en pratique le *compelle intrare*. Il finit par dire que « la loterie est accusée » d'être une des principales causes du » suicide, crime si fréquent en France ». Croira-t-on que ce soit un Anglais qui parle ainsi, quand il ne se passe pres-

que pas un seul jour sans que les journaux de son pays citent plusieurs individus qui se sont donné la mort de
leurs propres mains ? Il a pourtant raison. Il existe en France plus de *suicïdes*
qu'en Angleterre, parce que nous don-
nons ce nom à tous ceux qui périssent
par l'effet de leur volonté, au lieu que
sur cinquante personnes qui se pendent,
qui se noient, etc. , dans la Grande-
Bretagne, une, tout au plus, est jugée
suicide ; les autres ne sont déclarées
qu'atteintes de *folie*. Il en résulte donc
qu'il y a moins de *suicides* en Angleterre qu'en France ; mais il faudra convenir qu'il s'y trouve un nombre de
fous infiniment plus considérable.

Le troisième appendix traite des
sciences médicales. Je devrais peut-être
ici m'interdire toute observation, car

sir Charles Morgan est un docteur en médecine, et je ne suis pas médecin. Je ne puis pourtant me résoudre à supprimer quelques réflexions qu'a fait naître en moi la lecture de cette partie de son ouvrage. Il prétend que la chirurgie a fait en France beaucoup plus de progrès que la médecine. Je le crois sur parole ; mais il me semble qu'il doit en être de même dans tous les pays. La chirurgie est une science pratique ; son objet est tangible, certain ; la médecine, au contraire, est presque toujours conjecturale et théorique. L'une opère à la clarté d'un beau jour, l'autre dans les ténèbres d'un brouillard épais. Le principal reproche qu'il fait aux médecins français , c'est d'être « partisans du système expectant, de » ne pas s'interposer entre la nature » et la maladie, de ne pas oser em-

» ployer des remèdes assez puissants,
» assez énergiques ». Je serais assez
tenté de croire, d'après cela, que les
médecins anglais ont plus de zèle pour
l'avancement de la science que pour la
guérison du malade, et qu'ils ont vo-
lontiers recours au *faciamus experi-
mentum in animâ vili*. Mais s'il est
vrai, comme sir Charles l'assure lui-
même, que « le nombre des guérisons
» est à peu près le même dans le sys-
» tème expectant que dans le système
» agissant », pourquoi ne donnerait-on
pas la préférence à celui qui se borne
à suivre la marche de la nature, à con-
sulter ses besoins, à aider ses opérations ? C'est un grand problème à résoudre que de décider si la médecine a
sauvé plus de malades qu'elle n'en a
tué ; mais puisque la faiblesse humaine,
et surtout notre régime de vie, exigent

des médecins, je préférerai toujours celui dont la prudence dictera les avis, à celui qui ne se présentera devant moi qu'armé de la lancette, et tenant en main une coupe remplie d'une préparation de *mercure*, d'*antimoine* et d'*opium*, remèdes recommandés par le docteur Morgan, et qu'il regrette de ne pas voir plus en usage en France, quoiqu'il convienne qu'ils nous sont moins nécessaires, parce que nous ne sommes ni si gourmands ni si ivrognes que ses compatriotes.

Il prétend que la mortalité des malades reçus dans les hôpitaux est plus considérable à Paris qu'à Londres. Je ne veux nier ni admettre cette assertion; mais, en supposant qu'elle soit fondée, je crois pouvoir lui en indiquer une des causes principales. Le peuple a, en France, une horreur de l'hôpital beaucoup plus grande qu'en Angleterre. Ce n'est pas qu'il craigne de ne pas y recevoir tous les soins nécessaires : bien souvent, au contraire, le malade sait qu'il y serait infiniment mieux que chez lui ; mais le respect humain l'y retient. Des enfants ne veulent pas qu'il soit dit que leur père *est mort à l'hôpital ;* ils le conservent chez lui aussi long-temps que leurs moyens le leur permettent, et ce n'est que lorsqu'ils sont épuisés, lorsque la maladie a fait de tels progrès qu'elle est devenue incurable, qu'ils se déterminent à l'y faire transporter. Il en résulte donc qu'une partie des malades qui entrent dans les hôpitaux de Paris, sont irrévocablement condamnés à la mort avant d'y entrer, et qu'il est hors du pouvoir de la médecine de les sauver.

Telles sont les principales réflexions que m'a suggérées la lecture de l'ouvrage, fruit des talents réunis de lady et de sir Charles Morgan : mais je ne puis quitter la plume sans adresser quelques mots à leur traducteur, dont le travail sent un peu la précipitation, ainsi qu'il en convient lui-même dans sa préface. Au surplus, je n'ai pas dessein de lui chercher querelle sur ce point. L'aveu d'une faute est un demi-titre au pardon. Mais pourquoi donc a-t-il fait si impitoyablement jouer les ciseaux dans sa traduction? Croit-il que les éloges que lady Morgan donne si souvent, et avec tant de complaisance, à un homme qui a été trop long-temps le fléau de la France, y auraient maintenant produit d'autre effet que de rappeler, par la raison des contrastes, le souvenir de mille actes odieux et tyranniques, et de renouveler les actions de grâces à rendre à la Providence qui nous a délivrés? Pense-t-il que les sarcasmes ridicules, les pitoyables déclamations auxquelles elle se livre contre l'ordre actuel des choses, auraient inquiété un gouvernement doublement fort par l'amour du peuple, et par la crainte de voir renaître les maux qui l'ont accablé pendant le quart d'un siècle? Le noble roi des forêts n'attaque que des ennemis dignes de lui (1), et l'homme parvenu à la maturité ne fait que rire des efforts de l'enfant qui s'épuise en l'attaquant. S'imagine-t-il que lady Morgan lui saura quelque gré des efforts qu'il a faits pour que son ouvrage ne passe pas en France pour un libelle diffamatoire, produit par l'aveuglement

____

(1) *Non facit ad sœvos cervix, nisi prima, leones.*

Martial.

8

le plus déplorable de l'esprit de parti?
Il connaît donc bien peu le cœur humain. Ignore-t-il qu'une ligne retran-
chée d'un livre est toujours, aux yeux
de son auteur, celle qui devait en assurer le succès ? Je serai moins timoré, et je vais citer quelques-uns des
passages qu'il a supprimés, afin de donner à mes lecteurs une idée de la force
de raisonnement et de la pureté de jugement qui les ont inspirés.

Après avoir entretenu ses lecteurs
d'un ancien soldat qui travaillait à la
terre chez M. de la Fayette, « les rangs
» de la classe ouvrière, dit-elle, ne
» sont pas seulement remplis d'anciens
» réformés; ils en offrent beaucoup
» (et cette idée jette dans l'âme une
» tristesse romantique) dont la tête a
» été récemment ombragée *du pana-*

» *che blanc* des honneurs militaires ,
» dont la voix était un ordre ; le moin-
» dre geste , un commandement ; et
» qui maintenant , chassés pour faire
» place à *de plus gentils* capitaines ,
» sont forcés , par la nécessité , de ga-
» gner leur pain quotidien par un tra-
» vail journalier ».

La mauvaise foi , ou le défaut de renseignements exacts , ne percent-ils pas de toutes parts dans ce passage , ou plutôt dans cette diatribe ? N'est-il pas évident que le retour de la paix a nécessité , en France comme en Angle-terre , le licenciement d'une partie de l'armée , ce que l'état des finances des deux royaumes rendait même désira-ble ? Il fallait donc bien que les indi-vidus sur qui tombait cette réforme indispensable, et dont un grand nombre se sont applaudis, reprissent les occupations auxquelles les avaient arrachés la force et la tyrannie des lois sur la conscription. Enfin n'est-il pas de notoriété publique que lorsqu'il y a quelques places à remplir dans les cadres de l'armée française, c'est à d'anciens militaires qu'elles sont accordées, quelle que soit l'époque à laquelle ils aient servi dans ses rangs ?

Lady Morgan ayant une grande confiance dans le jugement de Buonaparte, cite l'anecdote puérile qui suit à l'appui de tout ce qu'elle avance sur le bonheur dont jouissent nos campagnes *depuis la révolution*, bonheur qu'elle craint pourtant de voir troubler par le régime actuel, qui ne peut au contraire que l'accroître par le retour de la paix qui vivifie le commerce et qui répand l'abondance.

« Lorsque l'ancien empereur de la
» France retourna dans son palais de
» l'Élysée-Bourbon, après sa défaite à
» Waterloo, il resta plusieurs heures
» sans vouloir prendre aucuns rafraî-
» chissements. Un de ses chambellans
» se hasarda à lui faire servir dans son
» cabinet de la gelée de viande et du
» café qu'il lui fit présenter par les
» mains d'un enfant, espèce de page
» à qui Napoléon » (c'est ainsi que
lady Morgan le nomme constamment)
« avait accordé une sorte d'affection.
» L'empereur était immobile, les mains
» placées sur ses yeux. L'enfant resta
» debout patiemment devant lui, re-
» gardant avec une curiosité enfantine
» une physionomie qui offrait un si
» frappant contraste avec la sienne où
» régnaient la paix et la tranquillité.
» Enfin le petit serviteur lui présentant

» ce qu'il apportait, s'écria avec la fa-
» miliarité d'un âge qui connaît peu la
» distinction des rangs : « Mangez-en,
» sire, cela vous fera du bien ». L'em-
» pereur le regarda, et lui dit : « N'es-
» tu pas de Gonesse? » — « Non, sire,
» je suis de Pierrefitte. » — « Où tes
» parents ont une chaumière et quel-
» ques arpents de terre? » — « Oui,
» sire ». — « Voilà le bonheur ! s'écria
» l'homme qui était encore, même en
» ce moment, empereur des Français
» et roi d'Italie ».

On aurait pu répondre à *cet homme
Empereur et Roi* : « Oui, voilà le
bonheur que vous avez si long-temps
troublé en enlevant les cultivateurs aux
campagnes, les enfants à leurs pères,
pour les sacrifier à votre ambition sous
le ciel brûlant de l'Espagne et sous les

glaces de la Russie, et en attirant enfin sur la France tous les malheurs qui marchent à la suite d'une invasion étrangère. Mais nous vous les pardonnons aujourd'hui; nous oublions tout ce que vous nous avez fait souffrir, puisque ces maux et ces souffrances ont servi à rappeler l'auguste dynastie qui rendit heureux nos pères, et qui fera le bonheur de nos enfants (1) ».

J'ai traité cette anecdote de puérile : en voici une qui l'est bien davantage. C'est dans une note que je la trouve consignée.

« Sa majesté le roi de Rome, quoi-

______

(1) *Jam nihil, ô superi, querimur; scelera ipsa nefasque Hâc mercede placent.*

LUCAIN.

» que un personnage charmant et pro-
» mettant, se permettait parfois quel-
» ques-uns de ces caprices assez ordi-
» naires à l'autorité absolue. Un jour
» qu'il y avait plus de monde qu'à l'or-
» dinaire à son lever, rien ne put le
» décider à abandonner quelques jou-
» joux que lui avait donnés le cher
» papa. Son aimable gouvernante, la
» comtesse de Montesquieu, fut obli-
» gée d'avoir recours au crédit de la
» mère impériale, qui ordonna qu'on
» ne gâtat pas l'enfant, qu'on n'épar-
» gnât pas les verges, et qu'on forçât
» le roi à se rendre dans la salle d'au-
» dience, pour y recevoir sa cour. Une
» personne de distinction, présente en
» ce moment intéressant où la royauté
» baisait les verges, m'assura qu'on ne
» vit sur la physionomie du roi en mi-
» niature, ni trace de larmes, ni joues

» enflées , qu'il revint à lui sur-le-
» champ, et qu'il offrit sa main à baiser
» d'un air si souriant et si gracieux,
» qu'on aurait pu croire que ses volon-
» tés royales avaient souffert quelque
» contradiction ».

Mes lecteurs n'attendent sans doute
aucune observation sur un pareil enfan-
tillage : je me hâte de passer à un sujet
plus grave.

Lady Morgan, en parlant des paysans
qui, privés de leurs prêtres, à l'époque
la plus désastreuse de la révolution, se
rassemblaient pour chanter entre eux la
messe et les vêpres, ajoute : « C'est
» pourtant un fait singulier, mais uni-
» versellement connu, que tandis qu'ils
» s'attachaient si dévotement à la croix,
» ils professaient l'horreur pour ses mi-

» nistres, et craignaient le retour des
» curés et des vicaires qui, long-temps
» avant la révolution , avaient perdu
» tout droit à leur respect , par le dé-
» bordement public de leur conduite,
» et qui s'étaient rendus odieux par
» leurs vexations toujours croissantes ,
» sous la sanction de la dîme ».

On ne sait qu'admirer davantage
dans ce passage , de son injustice ou de
son absurdité. Il est injuste, car on ne
commet pas d'exaction quand on ne
demande que ce que la loi accorde, et
pas un décimateur n'aurait pu ni voulu
exiger davantage. Il est injuste, car il
est de notoriété publique, et c'est même
une vérité dont a retenti la tribune de
cette assemblée nationale si chère à lady
Morgan , que tout le clergé français , les
membres les plus respectables , les plus

exemplaires dans leurs mœurs, les plus évangéliques dans leur conduite, étaient en général les curés de campagne.

Je ne relèverai pas quelques impiétés qu'elle cite comme des traits d'esprit, à l'occasion des processions de la Fête-Dieu. Elle aurait dû sentir que toutes ces plaisanteries ne sont plus aujourd'hui que des haillons usés dont un auteur ne peut se servir pour couvrir sa modestie.

L'exposition publique du trousseau de madame la duchesse de Berri donne de l'humeur à lady Morgan. Elle trouve une preuve de dégradation dans l'em-pressement de ceux qui se portent en foule pour le voir. La vue des soldats chargés de maintenir l'ordre lui déplaît. Et cependant l'attrait de la curiosité emporte aussi la voyageuse, et lui fait

braver la presse et les baïonnettes.
« Tout récemment, finit-elle par dire,
» lors du mariage de la reine d'Angle-
» terre, la vue de l'idole et des espé-
» rances d'une nation libre, son air de
» santé, son sourire de satisfaction,
» furent la seule chose que le peuple
» vit avec des transports dignes de
» l'homme, avec un plaisir profondé-
» ment senti. Les Anglais ne deman-
» dent à leurs chefs que l'accomplisse-
» ment de ces promesses qui valurent
» le trône à leur famille qui n'avait pas
» en sa faveur le principe de la légiti-
» mité, et qui, choisie par le peuple,
» chasse du pays la race frivole, bigote
» et tyrannique qui l'invoquait. Du
» reste, ils n'ont aucun respect pour
» l'or, pour les bijoux, pour des garde-
» robes de princes et des toilettes roya-
» les. Occupés d'objets plus chers et

» plus importants , ils livrent cette
» pompe insignifiante à l'admiration
» des femmes de chambre et des valets
» de la maison royale ».

Tout cet échafaudage philosophique
pèche par la base , et porte sur un fait
absolument faux. Lors du mariage de la
princesse de Galles , *la toilette royale* ,
pour me servir d'une expression de lady
Morgan , fut minutieusement décrite
dans tous les journaux , et ils ne sont
pas lus exclusivement par les *femmes
de chambre et les valets de la maison
royale*. Un autre usage qui paraîtrait
souverainement ridicule chez nous ,
c'est d'y insérer pareillement, le lende-
main des grandes assemblées à la cour ,
la description détaillée des parures de
toutes les dames, et même des hommes
qui y ont paru. Cet objet remplit quel-

quefois cinq ou six de leurs énormes colonnes, et telle belle lady qui trouve que nous nous *dégradons* en allant voir *des garde-robes de princes*, sentirait peut-être son amour-propre blessé, si l'on oubliait dans cette nomenclature ses gants ou ses souliers. Lady Morgan est d'autant plus injuste à cet égard, qu'elle connaît les usages de France, relativement au *trousseau,* qu'elle confond pourtant avec *la corbeille de mariage*. Elle sait que dans chaque famille on fait une espèce d'exposition de cette corbeille, et de ce qu'elle contient, aux yeux des parents et des deux futurs époux. Comment n'a-t-elle donc pas vu dans cette condescendance du monarque qui appelle ses sujets à participer à la fête intérieure de famille, dans cet empressement du peuple à voir chez le souverain la même cérémonie qui a lieu

« lors du mariage du plus obscur de
» ses sujets », comme le dit notre auteur, une preuve que les Français ne
regardent leur monarque que comme
le chef de la grande famille, et que la
qualité la plus précieuse au cœur de
nos Rois, est celle de père de tout son
peuple ?

Jamais on ne devinerait quelle est la
cause principale à laquelle lady Morgan
fait honneur du peu de mendiants qu'on
trouve en France. « C'est à la diminu-
» tion de l'influence fatale d'une reli-
» gion qui fait un article de foi, une
» vertu, de la mendicité. On n'y voit
» plus de mendiants, de frères quê-
» teurs, *pâles*, *humbles* et *intéres-*
» *sants*, pour donner l'exemple de la
» fainéantise et de la dégradation so-
» ciale à la populace qui remplit les

» rues de Paris , et pour arrêter le
» voyageur sentimental par un air dra-
» matique et un extérieur de sainteté ».
Il faut convenir que *l'influence fatale
de cette religion* doit être encore bien
forte à Londres ; car dans ce pays de liberté , de commerce et de philosophie ,
où l'on ne rencontre ni *frères quêteurs*
ni *moines mendiants* , on ne peut y
trouver une seule rue , dans le moment
où j'écris , sans que le voyageur, *sentimental* ou non , soit arrêté par des
groupes de vagabonds qui lui tendent la
main.

Lorsque lady Morgan parle des indi-
vidus, son usage ordinaire est de porter
l'éloge jusqu'à la fadeur : la fumée de
son encens causera sûrement des nau-
sées à quelques-uns de ceux qui en sont
l'objet. Il y a pourtant deux ou trois

individus qu'elle distingue par une animadversion particulière. Voici comment
elle parle de l'un d'eux qu'elle voit au
spectacle de la cour. Ce sera une énigme
dont je laisserai à mes lecteurs le soin de
deviner le mot.

« J'avais vu souvent ce personnage
» célèbre, ce caractère dont l'histoire
» conservera les traits, à la cour, en
» public , dans des processions , au
» milieu de la pompe de noces royales ,
» sous le saint dôme de Notre-Dame,
» à la tragédie la plus noire, à la co-
» médie la plus enjouée; toujours je
» l'ai vu le même; froid, immobile;
» non pas abstrait, mais inoccupé; sans
» distractions, mais impassible. Pas une
» nuance ne variait le coloris de son
» teint livide; pas une expression n'im-
» primait son caractère sur son exté-

» rieur passif : son visage semblait
» le masque de la figure humaine dé-
» pouillée de tous ses attributs organi-
» ques. Si son cœur battait, si son cer-
» veau éprouvait des vibrations, nulle
» pénétration ne pouvait descendre
» dans les profondeurs de l'un, ou devi-
» ner les opérations de l'autre. Son âme
» semblait se fermer avec mépris à tout
» ce qui tient au monde, et si l'on pou-
» vait attribuer un caractère, une opi-
» nion, à cette physionomie inanimée,
» on aurait jugé, du premier coup
» d'œil, qu'elle appartenait nécessaire-
» ment à celui qui a dit : *La parole fut*
» *donnée à l'homme pour cacher ses*
» *pensées.* On aurait dit que l'intimité
» de l'amour, les épanchements de
» l'amitié, les conseils de la prudence
» ne pouvaient jamais appeler une âme
» pour animer des traits qui, au milieu

» des vicissitudes , de la versatilité, des
» changements et des contrastes dont
» fut parsemée la vie de l'être qui en
» est revêtu, n'avait jamais été

» Un livre dans lequel on lit d'étranges choses.

» C'était bien un livre, si l'on veut ,
» mais écrit dans une langue morte ».

Le scalpel du timoré traducteur n'a
pas plus épargné le mari que l'épouse ;
il l'a même traité plus rigoureusement
encore. Indépendamment de quelques
suppressions assez peu importantes, il
lui a fait subir une opération violente
en lui retranchant tout-à-fait un des
quatre appendix dont il était pourvu.
Ce quatrième appendix , ayant pour
titre : *Vue sommaire de l'état de l'O-*
pinion publique en France , aurait été
plus convenablement intitulé : *Résultat*
des Opinions politiques de lady et de

sir Charles Morgan. J'ai été tenté un moment d'en joindre la traduction à la fin de ces observations; mais il aurait été impossible de résister au besoin d'opposer à chaque instant les bases de la raison aux principes de l'exagération révolutionnaire; les lumières d'une véritable sagesse, aux erreurs d'une fausse philosophie; les faits, dans leur simplicité, aux raisonnements qui les dénaturent; les résultats qu'ils doivent produire, aux conséquences erronées qui en sont tirées. Ce travail aurait excédé ma patience, et aurait abusé de celle de mes lecteurs. Je me contenterai donc de leur offrir une *vue sommaire* de la vue sommaire de sir Charles Morgan.

Après une courte apologie de la révolution, l'auteur passe à l'éloge du gouvernement de Buonaparte. Il ne se dis-

simule pas qu'il tendait un peu vers le
despotisme; mais il passe rapidement
sur cet article, parce que

    « L'objet qu'on aime
    N'a jamais tort. »

Son objet principal est la critique du
gouvernement actuel, et n'ayant pas
d'accusation précise à former , il se
jette dans les déclamations générales, et
parle beaucoup sans rien dire. Il blâme
la France de n'avoir pas fait de Paris un
second Moscou, lorsque les troupes al-
liées arrivèrent pour la seconde fois
sous les murs de cette ville , l'existence
du royaume ne dépendant pas de sa capitale ; sentiment bien digne de ceux de
son héros. Après la première époque de
la révolution, il ne voit rien de comparable à celle des cent jours, où l'amour
de la liberté brilla de nouveau dans toute
sa pureté. Il parcourt tous les rangs de la

société pour y trouver des royalistes; et si l'on en excepte les émigrés, et ce qu'il appelle les gens privilégiés, sans nous expliquer ce qu'il entend par ces mots, qui n'ont plus de sens aujourd'hui en France, il n'en découvre guère que « parmi les hommes de loi qui trouvent » dans la simplicité du code Napoléon » un obstacle aux procès, peu favora- » ble à leurs vues ; parmi les anciens » jurisconsultes, surtout dans les restes » des anciens parlements, qui, obligés » de recommencer leurs études, et peu » disposés à s'imposer la fatigue du tra- » vail, jettent leurs regards en arrière, » avec regret, sur ces formes sans les- » quelles leur vieux fonds de savoir de- » vient sans utilité ». C'est parmi les savants et les littérateurs qu'il trouve, au contraire, les hommes les plus ardem- ment dévoués à la cause de la révolution.

Il avertit pourtant qu'il ne comprend
pas sous ce nom « ces écrivailleurs offi-
» ciels, qui, dépourvus de tout carac-
» tère moral et politique, sont toujours
» fermement attachés au ministre de la
» police qui se trouve en place pour le
» moment, et qui, pour quelques cents
» francs, sont toujours prêts à publier
» un essai, un épithalame, une ode,
» une tragédie, un opéra, une farce;
» à se livrer à l'adulation ou à la satire;
» à prouver une chose ou à en contre-
» dire une autre, suivant la politique
» du jour. L'influence constamment
» croissante de l'opinion publique a
» donné de l'importance aux travaux
» de ces hommes dans l'opinion du mi-
» nistre, tandis que leur bassesse et la
» facilité avec laquelle ils changent à
» tout vent, les met à l'abri de la per-
» sécution. Les mêmes gens ont donc

» fait successivement l'éloge de la répu-
» blique, de l'empereur et du roi ; et
» cette race, semblable à celle des chats,
» n'est attachée qu'à la maison, dont ils
» caressent tour à tour chacun de ceux
» qui viennent l'habiter ».

Si ce portrait n'offre pas des couleurs bien neuves, il faut pourtant convenir qu'il n'est pas tout-à-fait dépourvu d'application ; mais les sciences et les lettres peuvent citer plus d'un sacrificateur qui n'a pas brûlé d'encens sur l'autel de Baal. Au surplus, quelque tergiversation politique qui puisse avoir eu lieu en France, pendant une époque où tous les principes avaient été oubliés, tous les traits du caractère national flétris et presque effacés, il n'appartient pas à l'Angleterre de la lui reprocher, puisqu'elle en a toujours été le théâtre ; puisque la plus légère faveur de la cour suffit pour y faire passer, sur les bancs ministériels, celui qui tonnait la veille sur ceux de l'opposition ; et aux *écrivailleurs* dont parle sir Charles, je puis opposer l'un des poètes actuels les plus célèbres de l'Angleterre, M. Southey, qui, après avoir fait l'apologie de la révolte et de la sédition, et avoir développé les principes les plus révolutionnaires dans un poème intitulé *Wat-Tyler*, abjurant son erreur, est aujourd'hui l'un des plus ardents défenseurs du ministère et du gouvernement.

L'auteur, ou, pour mieux dire, les deux auteurs, emploient beaucoup de temps, de peine et de papier à parler des différents partis qui, suivant eux, divisent la France en ce moment. Ils en établissent quatre : les royalistes, les ultra-royalistes, les constitutionnels et les buonapartistes. Ils ignorent sans

doute que si quelques légères différences
d'opinion séparent les trois premières
classes, toutes ces nuances se confon-
dent dans une seule couleur, l'attachement au gouvernement établi, l'amour
pour l'antique dynastie qui nous a été
rendue, et qu'au moindre choc on verrait ces trois partis se rallier autour du
trône et ne former qu'un seul faisceau.
Quant aux autres, ce n'est plus en
France qu'il faut les chercher; ou s'il
s'en trouve encore quelques-uns dans ce
royaume, honteux de leur petit nombre, cachant dans l'ombre des sentiments qui attireraient sur eux plus de
mépris encore que d'indignation, le
seul soin qui doit les occuper, est celui
de faire oublier leur existence.

FIN.